고독의 능력

시작시인선 0496 고독의 능력

1판 1쇄 펴낸날 2024년 2월 16일
1판 3쇄 펴낸날 2024년 5월 16일
지은이 이재무
펴낸이 이재무
기획위원 김춘식, 유성호, 이형권, 임지연, 차성환, 홍용희
책임편집 박예솔
편집디자인 민성돈, 김지웅, 정영아
펴낸곳 (주)천년의시작
등록번호 제301-2012-033호
등록일자 2006년 1월 10일
주소 (03132) 서울시 종로구 삼일대로32길 36 운현신화타워 502호
전화 02-723-8668
팩스 02-723-8630
블로그 blog.naver.com/poemsijak
이메일 poemsijak@hanmail.net

ⓒ이재무, 2024, printed in Seoul, Korea

ISBN 978-89-6021-752-2 04810
        978-89-6021-069-1 04810(세트)

값 11,000원

고독의 능력

이재무

천년의 시작

시인의 말

빅터 프랭클의 저서 『죽음의 수용소에서』를 읽고 있다. 인간 경험의 극한 속에서조차 사람에 대한 믿음을 잃지 않은 저자에게 무한 존경심을 느끼면서도 살짝 반감이 들기도 한다. 저자의 최대치의 체험에 비하면 우리가 나날의 곤궁한 일상 속에서 겪는 희로애락은 얼마나 사치한 것인가? 매 순간 죽음에 직면한 저자는 말한다. 인류에게 사랑만큼 위대한 것은 없다고! 극한 상황 속에서 행하는 사랑은 인간 존엄을 증명한다. 그렇다. 그러나 우리는 과연 사랑을 몸으로 실천하며 살고 있는가? 자문해 볼 일이다.

잘 늙는 일이 쉽지 않다. 질풍노도와 같은 청년처럼 벅차다. 그저 나이만 먹으면 되는 줄 알았다. 지혜로운 어른으로 여유를 만끽하며 살 줄 알았다. 욕망을 비우고 허허롭게 관조하며 살 줄 알았다. 아니었다. 오래된 귤처럼 즙이 빠져나간 거죽은 딱딱한 채 몸체는 오그라드는데도 욕망은 구멍처럼 팔수록 커지고 그런 욕망이 징그러워 애써 저만큼 밀어내면 이번엔 권태의 오랏줄이 영혼을 칭칭 감아 왔다. 잘 늙는다는 것, 고산을 쉬지 않고 오르는 일처럼 고된 일이다. 지금의 나는 젊은 날의 내가 그리던 내가 아니다. 어디를 둘러보아도 자기 자랑, 자기선전에 몰두하느라 여념이 없는 노인뿐, 어른다운 지혜와 겸손이 없다.

자신이 사용하는 언어의 틀이 바뀌지 않는 사람은 동일한 삶의 패턴, 동일한 생의 궤도를 고집하고 있기 때문이다. 세계에 대한 발견과 새로운 인식을 통한 삶과 생의 개진은 언어의 틀을 바꾼다. 문자 행위를 업으로 삼는 이들이 변신을 꿈꿔야 하고 이를 실행에 옮겨야 하는 이유가 여기에 있다.

요새 내게 새롭게 생긴 버릇이 있다. 오가다 우연하게 마주치는 온갖 사물들을 애정하는 것이다. 햇빛도 아까워 일부러 손 뻗어 만져 보기도 하고 강물을 한참 동안 무연히 굽어보기도 하고 철마다 피는 꽃들을 찾아가 살뜰하게 살펴보기도 하고 바람을 있는 힘껏 마셔 보기도 하는 것이다. 심상하게 여겨졌던 것들이 새삼스레 귀하게 다가오는 것은 내가 나이가 들었다는 징조이리라. 어찌 보는 일뿐이랴, 소리, 냄새, 촉감까지도 예사롭지가 않다. 세상을 떠나면 볼수 없고 들을 수 없고 만질 수 없는 저것들을 나는 친애하지 않을 수 없다. 만물의 가치가 높고 깊다. 사물이여, 나의 애인들이여, 열애의 하루가 짧기만 하도다.

천국과 지옥으로 가는 갈림길에는 똑같이 생긴 두 개의 문이 나란히 서 있다.

　　　　　　　　　　—니코스 카잔차키스, 『그리스도 최후의 유혹』

칼 세이건의『코스모스』를 다시 읽으며 우주에 대한 상상에 젖곤 한다. '시간을 거슬러 오르면 나무와 인류의 조상이 같다'라는 대목을 읽고 난 뒤로 산책 중에 만나는 나무들을 유심히 살펴보는 버릇이 생겼다.

나는 언젠가 가까운 미래에 내 생의 근원인 광활한 우주 속으로 흘러들 것이다. 지구는 우주에서 나온 우리가 잠시 지나가는 여정에 불과한 한 지점일 뿐이다. 여정 속에서 숱한 인연들이 고리를 맺고 풀면서 내 곁을 스쳐 지나갔거나 지나는 중이다.

내 사후의 산책로인 먼 하늘을 올려다본다. 아, 저 먼 곳에 내가 영원히 안식을 취할 집이 있도다. 나는 지금 집에서 나와 집으로 가는 도중에 있다.

차 례

시인의 말

제1부

제2부

제3부

제4부

제5부

해 설

제1부

그냥, 이라는 말

그냥, 이라는 말이 좋아졌다. 임의로운 사이에 주고받는 말, 심드렁할 때, 딱히 심정을 밝히고 싶지 않을 때, 사는 일 고만고만할 때 약방의 감초처럼 쓰는 말, 평양냉면처럼, 도라지나물같이 슴슴한 말, 오신채 없는 절밥처럼 싱겁고 오래 사귄 연인처럼 친숙한, 이것도 저것도 아닌 묵묵부답에 가까운 말, 어때? 그냥! 때로 시멘트처럼 단단한 대답과 확신은 외려 불신을 불러온다. 나이 드니 그냥, 이라는 말이 그냥 좋아졌다.

협착증

협착증이 와서 고생하다가 이곳저곳
외과 병원을 다녀도 차도가 없던 차
지인의 권고로 한의원에 들러 물리치료를 받고
침을 맞으니 점차 증세가 완화되었다
젊은 의사의 말은 갓 쪄 낸 인절미처럼
쫀득하고 몰캉한데 침은 맵고 사나웠다
병원에 갈 때마다 무늬 없는 벽을 바라보거나
흰 천장을 올려다보면서 나는 그간의
생활의 협착을 떠올리는 게 버릇이 되었다
인연의 협착, 우정의 협착, 연애의 협착
퇴화성이기도 하고 자세 불량이 원인이라는
협착이 나를 고무하고 학습시킨다
완쾌되면 너와 나, 관계가 원활하리라

시인

저울은 0을 사수하고자 하는 강한 의지의 존재다. 다녀
가는 무게들과 악전고투하는 그는 힘에 눌려 숫자를 드러냈
다가도 무게가 내려가면 빛처럼 빠르게 0으로 되돌아간다.
누구도 처음으로 돌아가려는 그의 고집을 이길 수 없다.

알겯는 소리

알겯는 소리가 좋았다
알겯는 소리가 나고 얼마 후
닭장 구석 어두운 모래밭
암탉이 낳은 알이 뽀얗게 빛났다
산고 치른 닭은 알 낳았다는
소식을 울음소리로 알렸다
낳은 알 모아지면 꾸러미에 담아서
장에 내다 팔고 큰 인심 쓰듯
엄니가 찜을 해서 저녁상에 올리기도 하였다
졸음 부르는 햇살 환한 봄날 하오
어디선가 알겯는 소리 들려와
괜스레 고개를 좌우로 돌려 본다
우리들 어둡고 구차한 생활에도
소소한 기쁨의 알겯는 소리
들려올 일 있었으면 좋겠다

신발들

만취해 잠든 밤
요의와 갈증으로 깨어나
주방과 화장실에 가기 위해 방문 열고 나오니
어디서 새근새근 환한 숨소리 들려왔네
현관 가득 먼지와 얼룩 뒤집어쓴 채
어지럽게 널브러진 신발들
곤한 잠 자며 내는 숨소리였네
뒤축 닳은 아내 신발 배 위에
한쪽 다리 걸쳐 놓은 내 신발
한구석 저만큼 외따로 떨어진 채
세상모르게 곯아떨어진 아들 신발
두꺼운 몸 벗어 놓고
제멋대로 누워 자는 문수 다른 신발들
이 밤 지나면 또
뚱뚱한 체중들을 신고
해종일 걸어야 할 신발들
나는 뒤집어진 신발 한 짝 바로잡아 주었네

고향

고향도 나와 더불어 늙어 가더라

열 살 때는 열 살 때의 고향이

스무 살 때는 스무 살 때의 고향이

서른, 마흔, 쉰 지나

예순에 드니

고향도 의구하지 않고

인걸처럼 간데없더라

기다리는 사람이 다가올수록

화색 도는 얼굴에

피는 꽃처럼 눈빛

\>

발하는 이들이 사는

고향은 눈 감아야

더욱 또렷하게 잘 보이더라

쓸쓸한 밤

쓸쓸한 밤이다. 살아오는 동안 협량한 성정 때문에 많은 이들이 곁을 떠났다. 죽고 못 살겠다던 사랑도 떠나고 강처럼 깊던 몇몇 우정도 저만치 흘러가고 세계에 대한 메꿀 수 없는 인식 차이로 강철 대오 짓던 동지들도 철새처럼 떠났다. 하지만 애써 눈물 감추며 떠난 이들을 돌아보지 않으련다. 너무 멀리 걸어왔으므로 얼마 남지 않은 미래를 위해 땀 흘리며 걷겠다. 낯선 길에서 새로운 사랑도, 우정도, 동지도 생겨나리라.

산책 속으로

화창한 봄날 산책 속으로 불쑥 뛰어드는 얼굴들

박영근이는 낮술에 취해 탁자 두드리며 뽕짝 부르고 있을
까(이 친구는 고장 난 레코드처럼 노래의 첫 소절만을 반복하
는 버릇이 있다)?

김남주 선배는 극장 카바레 여인을 찾고 있을까?

이문구 선생은 아직도 너무 오래 걷고 계실까?

박찬 형은 앞머리 두어 가닥 물들이고 스카프 목에 두른 채
작업 중일까?

김이구는 노래방에서 기계처럼 고음 불가의 노래 부르고
있을까?

정영상은 한밤중 혼술 마시고 울면서 여기저기 전화질일까?

문인수 시인은 허리에 전대 차고 우주를 여행 중일까?

외롭고 높고 쓸쓸하니 살다 간 사람들
눈 감으면 보이는 추억들 아득하구나!

그네

빈 그네를 보면 가만히 다가가 아무도 몰래 밀어 주는 버릇이 있다. 그네를 탄 사람을 열심히 밀어 주던 때가 있었다. 그네를 밀다 보면 그녀의 등이 몸에 와 닿고 그러면 불쑥 나쁜 생각이 솟아올랐다. 그네를 탄 그녀가 저만치 멀어졌다 다시 내게로 오는 그 반복과 순환이 좋았다. 그러나 그녀가 영원히 그네에 앉아 있을 수는 없는 일, 때가 되면 잡았던 줄을 놓고 일어서야 하고, 밀던 손을 거둬야 한다는 것을 그도 알고 나도 알고 있었다. 혼자 타면 고적한 풍경이지만 누군가 밀어 줄 때 아늑한 평화가 되는 그네. 그날 이후 빈 그네를 보면 다가가 가만히 허공을 향해 밀어 보는 버릇이 있다.

무궁화

아침에 피었다 저녁에 지는 꽃
한 가지에서 핀 꽃들이 지고 나면
다른 한 가지에서 새 꽃들이 피어나
나무에는 늘 꽃들이 열려 있네
하나의 꽃에 주목하는 이는 허무를 읽고
전체를 보는 사람은 무궁을 읽지만
나는 탐진을 모르는 인간의 욕망을 읽는다네
이루어진 욕망이 이내 시들해지면
새로운 욕망이 피어나는 사람의 일생
지쳐 쓰러져서야 쉬게 될
무궁한 욕망
사철 내내 피고 지고 피고
지는 무궁화는 사람을 닮은 꽃이라네

노래는 힘이 세다

엄니는 신명이 많았다
당신의 감정을 노래로 대신하였다
나는 노래를 들으며
엄니의 내면을 읽었다
노래를 부르지 않는 날은
까닭 없이 마음이 불안했다
노래는 엄니의 삶과 생의 양식이었고 경전이었다
엄니는 밝고 높고 경쾌한 노래보다는
어둡고 낮고 무거운 노래를 즐겨 불렀다
슬픔으로 슬픔을 문질러 닦아 내었다
나는 엄니의 노래를 곧잘 따라 불렀다
어린 몸속에 청승을 담고 산 것은
엄니 때문이었다
엄니는 내게 노래를 남기고 돌아가셨다
노래를 살다 가신 엄니
나는 오늘도 엄니의 노래를 부르며 살고 있다
노래는 힘이 세다

3월

못자리 볍씨들 파랗게 눈뜨리

풀풀 흙먼지 날리고

돌멩이처럼 순식간에 날아든

꽁지 짧은 새

숲 흔들어 연초록 파문 일으키리

이마에 뿔 솟는 아이

간지러워 이마 문지르리

어데 갔을까

그 많던 아이들은 어데 갔을까
볕 좋은 토요일 봄날
공터는 아이들 차지였지
웃는 소리 우는 소리
공 차는 소리 싸우는 소리
아이들 악다구니에 놀란 꽃들이
사방팔방으로 향기를 뿌려 대고
통통 튀는 새들의 음표
이 가지에서 저 가지로 흘러다녔지
쾌활한 소란이 샘처럼 솟던
공터엔 함부로 버려진 폐자재 위
낡은 고요가 분, 분, 분
어지럽게 날아다니다
층, 층, 층 쌓이고 있네
그 많던 아이들은 어데 갔을까

그 사람

아침을 먹고 나서 커피를 타 마시고 있는데 베란다 너머 도로가에 우뚝 서 있는 사내가 눈에 들어옵니다. 나는 저 키 큰 사내의 출생 연월일을 모릅니다. 그가 나보다 연상일 리는 없습니다. 본래 산동네였던 자리에 아파트가 들어서면서 생긴 도로 옆에 거처를 마련한 걸로 보아 그걸 알 수 있습니다. 그렇지만 그는 7년 전 이사 온 나보다는 이 마을에 훨씬 더 오래 산 자입니다. 그는 자신이 얼마나 중요한 일을 하는지 모르는 모양입니다. 언제나 표정 변화 없이 부동자세로 서서 주어진 제 일을 다 하고 있을 뿐입니다. 그렇게 감정 표현에 인색한 그도 안개가 자욱한 새벽에는 남몰래 흐느껴 울 때가 있습니다. 그런 날은 그를 가까이해서는 안 됩니다. 그의 슬픔에 감전되는 일은 매우 위험할 수 있기 때문입니다. 멀찌감치 서서 그가 슬픔에서 놓여나는 것을 지켜보는 수밖에 다른 도리가 없습니다. 새삼 나는 그의 노고가 고마워 감사하다는 뜻으로 눈을 찡긋해 주었습니다. 역시나 그의 얼굴에는 감정이 돌아다니지 않는군요.

별 꽃

어릴 적 별 참 많이도 따서 먹었지
저녁 먹고 나가 놀다가 집으로 올 때
우물에 동동 떠 있는 꽃 몇 점
두레박으로 퍼 올려 벌컥벌컥 들이켜고는 했지
맑은 날 밤마다 우물 찾아와 피는 꽃,
동무도 어미 아비도 형제도 이웃도
두레박에 따서 먹었지
떠먹어도 따 먹어도 그 자리에 다시 피던 꽃
지금은 내 마음의 우물에나 어쩌다 피는 꽃

고장난 선풍기 2

십 년 산 선풍기가 고장이 났다.

고개를 들 줄 모른다.

그래도 내가 발로 스위치를 누르면 열심히 바람을 보내 준다.

고장 난 것들은 고집이 세다.

나는 선풍기의 고집을 이기지 못한다.

고치는 데 돈이 드니

고칠 생각이 없다.

아쉬운 대로 바람을 취할 뿐이다.

불편한 몸, 불편한 자세로

내가 원할 때마다

바람을 보내 주는 선풍기,

이런 가련한 기계가 또 있을까?

세상에는 이렇게 고장 난 선풍기 같은 이들이 있다.

한번 입력된 생각으로

평생을 살면서 이용당하고 희생당하다가

마침내는 비참하게 버림을 받는 고장 난 인생들.

어미

알곡이 들어있는 곡식 줄기는

아무리 세게 잡아당겨도

부러지거나 꺾일지언정 뽑히지 않는다.

그러나 알곡 빠져나간 곡식의 줄기는

힘들이지 않아도 쉽게 뽑힌다.

밤알 들어 있을 때

밤송이 가시는 날카롭지만

밤알 떠나고 난 뒤

밤송이 가시는 무력하고 무용해진다.

나는 지금,

어미의 사랑을 말하고 있다.

강화 일기 1

강화 들판은 한창 수확하는 손들로 바쁩니다. 벼 베는 손들이 있고, 고구마 캐는 손들이 있고, 들깨 줄기 베어 넘기는 손들이 있고, 밤알 줍는 손들이 있고, 열무잎 솎아 주는 손들이 있고, 팔고 남은 포도로 술을 담그는 손들이 있습니다.

농로를 따라 걸으며 좌우로 고개 돌려 번갈아, 벼들 떠난 텅 빈 논들과 절정 향해 익어 가는 벼 이삭들에게 눈을 줍니다. 벼가 떠난 논들은 성장한 아들, 딸을 여읜 양주마냥 늙고 지쳐 보이는데 아직 벼 이삭 품고 있는 논들은 힘이 넘쳐 납니다. 주여 때가 왔습니다…… 들판에는 바람을 풀어 놓아 주소서…… 막바지 열매들을 영글게 하시고 하루 이틀만 남국의 햇볕을 베푸시어…… 라이너 마리아 릴케의 시를 소리 내어 읽습니다. 벼 이삭들이 바람과 햇살 빨아 대는 소리가 여울 소리처럼 밝고 높게 들립니다. 강화에서는 내 손도 덩달아 바빠져서 괜히 공기를 쥐었다 폈다 합니다.

강화 일기 2

새벽 다섯 시, 들판의 벼 포기처럼 빼곡히 들어찬 어둠 헤치고 강화 들판을 두 시간 걷고 들어와 아침밥 지어 먹고 밀린 빨래 하고 커피 내려 마신 후 침대에 누워 창밖 풍경을 본다.

가는 비가 내리고 있다. 빗물이 유리창에 아라베스크 무늬를 남긴다. 알 수 없는 상형문자로 보였다가 암호처럼 보였다가 세잔의 정물화로 보인다.

빗방울과 유리는 겉도는 기표와 기의처럼 혹은 우리들 사랑이 그러한 것처럼 연속하여 미끄러지는 모습을 보이고 있다.

창 너머 감나무가 방 안의 나를 물끄러미 바라본다.

타자를 지옥이라 명명했던 사르트르의 세상에 대한 관점에서 타자의 시선을 포용하여 관계의 지평을 연 메를로-퐁티의 관점으로 인생의 열차를 갈아타는 중인데 과연 관념이 아닌 생활 세계 속에서도 그게 가능할지는 장담할 수 없다.

\>

나를 봄으로써 자신을 바라보고 있는 나무. 감나무의 시선을 내 몸 안쪽으로 받아들인다. 이파리 하나가 가지를 떠나자 허공이 뒤를 받쳐 주고 있다. 허공 속에는 침묵이 우거져 있다.

강화 일기 3

눈 쌓인 들길 걷는다. 바다 쪽에서 불어오는 바람이 얼굴을 물었다 뱉는다. 눈밭에는 새들이 남긴 발자국들 보인다. 하늘 아래 가장 깨끗한 상형문자들. 듬성듬성 서 있는 집들은 가축들처럼 다소곳하다. 한 폭의 묵화 같은, 키 작은 산 위 낮달이 떠올라 낙관을 찍는다. 어스름 번져 오는 늦은 하오 동네를 한 바퀴, 두 바퀴, 세 바퀴 돌면 돌연 내 하루는 실종되고 아무도 내게 소식을 묻지 않는다. 빈 들녘이 컹컹 짖을 때마다 흐린 하늘이 시나브로 멀어져 간다.

강화 일기 4

하나둘 친구들, 애인들 떠나고 있다
누구의 잘못도 없이 멀어지고 잊혀 간다
술과 우정은 오래될수록 좋다는 말도
옛말 된 지 오래다
산천도 인걸도 의구하지 않다
습관은 바꾸기 힘든데 세상은 변화를 윽박지른다
사랑은 시작과 함께 배반과 이별을 잉태한다
지키지 않기 위해 약속을 하고
책임지지 않기 위해 고백을 한다
시절 인연을 끝내고 새 인연을 맺는다
나무와 풀과 바람과 바다와 하늘과
별과 구름과 강과 언덕과 산과 새와
곤충과 들길과 허공과 가깝게 지낸다

인절미

　대처에서 학교를 다니다가 향토 장학금 받으러 고향에 갈 때면 엄니는 매번 빼놓지 않고 인절미를 만들어 내게 먹이려 했다. 허기를 때우는 데 인절미 만한 음식이 없다는 게 엄니의 지론이었다. 아부지는 마루 끝에 걸터앉아 풍년초 말아 피우시며 습관처럼 건기침을 하셨고 연년생 동생은 손가락 빨며 나를 쳐다보았다. 혼자서 인절미를 꾸역꾸역 욱여넣는 일은 고역이어서 나는 시늉으로 몇 점 먹고는 그릇을 밀쳐 내었다. 그때를 놓칠세라 아귀처럼 동생이 달려들어 그릇은 금세 바닥을 드러내었다. 나를 바라보는 원망 어린 엄니의 눈빛을 애써 외면하고는 바닥에 누워 머리에 깍지를 낀 채 천장을 바라보며 누대에 걸쳐 지붕을 짓눌러 온 가난의 무게를 헤아리곤 하였다. 이제 잔소리 잦던 엄니도 강탈하듯 그릇을 채 가던 동생도 먼 길 떠나 돌아오지 않은 지 오래되었다. 가물가물 흐린 얼굴만 눈에 밟혀 오곤 하였다.

궁둥이로 쬐다

전동차에서 한 아낙이 일어선 자리에 앉는다.
따뜻하다.
그녀의 몸이 데운 의자의 온기를 궁둥이가 쬐고 있다.
궁둥이는 낯가림을 하지 않는다.

구름의 민박집

구름의 민박집에서 한 사흘 유숙하다 돌아왔네

구름의 민박집에는 오갈 데 없는 방랑객들 들어차 있더군

구름의 민박집에서 만난 이들은

초식하는 동물의 형상을 하고 있더군

주유의 기쁨으로 충만한 얼굴들

구름의 민박집에서는 통성명 없이 만나고 헤어진다네

가장을 벗고 건달로 갈아입은 이들과

어머니를 벗고 여자로 갈아입은 이들이 수시로 드나드는

구름의 민박집 구석방에서 나, 한 사흘 누워 멀뚱멀뚱

무늬 없는 천장만 바라보다 돌아왔네

농부의 취향

강화에서 포도 농사를 짓는 농부의 취향은 유별나다.
그의 포도밭에는 여름내 아침 한나절과
오후 한나절 클래식 선율이 흐른다.
그가 짓는 포도는 교양을 먹고 자란다.
그래서일까 수확 철 출하되는 그의 포도알들은
어딘가 기품이 있어 보이는데
근방의 것들보다 단연 알이 굵고 색이 짙으며 고혹적이다.
나는 농부의 취향을 은근한 자부와 사랑으로 읽는다.

겨울비

1.

나는 비가 좋다. 그냥 우두망찰 내리는 비를 바라보는 것
이 좋고 정처 없이 쏘다니는 것이 좋고,

비가 살짝살짝 살(肉)을 물었다 뱉을 때마다 슬그머니 관능
이 눈을 뜨는 것도 좋다. 무엇보다 비는 시간 저편의 추억을
소환하는 능력을 지녀서 좋다.

비가 오는 날은 빗속을 걷다 돌아오고 나서도 미진한 무엇
이 남아 있어 마음은 몸의 쪽문을 열고 나가 지역과 국경을 넘
나들며 배회하다가 후줄근히 젖어서 돌아온다. 그런 마음을
바닥에 누이고 어미가 되어 다독이는 맛이 쏠쏠하다.

마음아, 마음아, 도져 부어오른 상처에 슬픈 음악을 발
라 주랴.

2.

겨울비를 뚫고 아침 산책을 다녀왔다. 산책은 어릴 적 신
새벽에 기침해 마당을 쓸던 아버지의 행위를 방불케 한다. 아
버지는 마당을 쓸며 밤새 당신 마음에 고인 온갖 잡념을 쓸어

냈을 것이다. 아버지가 그러하였듯 나의 산책은 마음의 마당을 쓰는 행위다. 비워진 마당에 또 하루분의 더운 흥분과 회색 티끌이 쌓일 것이다.

고독의 능력

고독을 학습하기 위해 숲에 든다
길의 첫 장을 열어 숨 크게 들이마시고
도열한 잡목들 페이지
한 장, 한 장 넘기며 신의 숨결 듣는다
내가 사물에 스미어 하나가 될 때
순간을 열어젖힌 하늘의 음성이
번개처럼 번쩍, 살(肉)을 찢고 들어와 박힌다

단추와 지퍼에 대하여

아침이면 단추를 하나, 하나 채우고 지퍼를 여며 닫고 나와 저녁이나 밤에는 채운 단추를 하나, 하나 풀고 지퍼를 시원하게 연다. 단추 채우고 지퍼를 닫는 것은 나를 열어 감춘 속 쉽게 내보이지 말라는 뜻인데 바쁘게 살다 보면 한두 개쯤 단추가 풀려 있거나 급할 땐 나도 모르는 새 지퍼가 열려 있기도 하다. 그렇게 나는 나를 흘리며 살고 있는 것이다.

노인과 길

어깨가 날로 구부정해지고
허리가 굽어 가는 것은
그의 몸속에 든,
평생 걸어왔던,
생의 등뼈였던 길
하나둘, 시나브로 빠져나가기 때문이다.
몸은 그가 만나는,
모든 길의 입구이고 출구다.
길은 수시로 몸속을 들고 난다.

빈손

늘 무언가를 쥐고 살았다

걸레 행주 호미 삼태기 바늘 자루 봉지 빨래 빗자루 바
가지 주걱 바구니 사발 부지깽이 소쿠리 체 절구 조리개 갈
퀴 등속

병상에 누워 빈손이 허전한지 허공을 쥐었다 놓고 돌아
가셨다

동행

    가을과 함께 걸으며 속엣말을 주고받았다. 주기가 다를 뿐 같은 행로를 걷는 중이며 지상에 머무는 동안 벌려 놓은 일들을 정돈하는 것이 우리가 할 일이라고 그가 눈에 힘을 주었다. 그는 또 모든 시작은 끝이고, 모든 끝은 시작이라는 말도 덧붙였다. 나는 불교의 윤회와 니체의 영원회귀를 떠올렸다. 우리는 강안에 나란히 앉아 일정한 리듬과 보폭으로 걸어가는 강물을 바라보았다. 그새 눈빛 깊어진 듯 보였으나 저 강물은 어제의 것은 아니다. 어제 새벽 나와 일별한 강물은 바다에 닿아 죽고 새 몸을 얻었을 것이다. 우리는 자리를 털고 일어나 눈인사를 나눈 뒤 헤어졌다. 그는 자연의 일로 분주하고 나는 사람의 일로 또 바쁜 하루를 보낼 것이다.

나를 먹는다

때 되어 단골 식당에 들어가
밥 시켜 놓고 통에서 수저 꺼내 놓는다
얼마나 많은 입 속을 드나들었는지
반들반들 윤이 난다
숟가락 들어 얼굴을 비춰 본다
오목한 거울에 윤곽 지워진
얼굴 아슬아슬 담겨 있다
소찬들 나오고 국과 밥이 나온다
밥과 국과 반찬을
먹고 삼킬 때마다
숟가락에 든 뭉개진 얼굴을 먹는다

불안

몸속에 쥐 한 마리 살고 있다. 자라는 송곳니가 가려운지 무릎 연골을 파먹다가 우당탕탕 이마 속 천장을 뛰어다니는 통에 자다가 수시로 깨기도 한다. 약을 먹었는지 충혈된 눈이 방바닥을 노려볼 때도 있다. 힘들게 일어난 아침이면 영혼의 이불에 오줌 자국 얼룩덜룩하다. 몸속에 두근거리는, 한 마리 불안이 살고 있다.

문상
―김지하 선생님에게

오월은 연초록 광휘로 번뜩이고
내 마음은 회색빛 우울로 가득하다
야생마처럼 질주하다가
사자처럼 울부짖다가
기운 다해 쓰러져
과거가 된 사람을,
저항에서 생명으로
전환한 시와 사상 때문에
찬사와 비난을 동시에 받았던
한국의 프리드리히 횔덜린
시대의 불운한 사상가를,
이제는 생전에 그가 남긴 음성과 글을 통해 만나야 하리
바다는 벼랑에 부딪혀 깨어지는
물의 파편에 대하여 아무런 감정이 없다
실재 속 한 개체일 뿐인 인간은
누구도 주어진 운명을 거역할 수 없다
맨몸에 걸치는 비단조차
아플 것처럼 눈부신 햇살이 불편하다
오는 길 혼자였듯
가는 길 혼자인 이를
배웅하러 문상 간다

미루나무

논둑 미루나무는 심심하고 무료하다. 여름 하루가 길고 지루해서 그늘 서너 평 깔아 놓고 애타게 기다려도 누구 하나 찾아오는 이 없다. 미루나무는 세상 소문이 궁금해 바람이 불 때마다 수백 개의 푸른 귀 열어 팔랑대지만 창창울울 고요만 들어찰 뿐 아무런 소식이 없다. 한때는 들밥이 다녀가고 깊은 한숨과 높은 웃음과 고저장단 노래가 붐비던, 지아비가 지어미를 쓰러뜨려 애를 배게 했던 곳, 어쩌다 들새들만 들어와 그늘을 튕기다 간다.

방문객

그가 비와 바람을 몰고 내 몸의 해안선에 도착하였다. 폭우와 폭풍으로 몸의 내륙을 지배하는 동안 내 영혼은 잠식될 것이다. 그리하여 그가 내 몸을 통과한 후에야 나는 나를 다녀간 사람을 그리워할 것이다. 어느 날 두더지처럼 불쑥 출몰해서는 영육을 송두리째 흔들어 대는 그를 나는 당해 낼 도리가 없다. 그저 가축처럼 묵묵히 따르고 복종할 수밖에는! 해일이 지나간 바다처럼 순해질 밖에는!

주름들

얼굴에는 이마의 가로 주름과 눈썹과 눈썹 사이 세로 주름이 있네

가로 주름은 시간의 밀물과 썰물이 만든 것이지만 세로 주름은 살면서 속이 시끄러울 때마다 생겨난 것이라네

물결처럼 수평으로 일렁이는 주름과 골짜기처럼 깊게 팬 주름

거울 속 주름들을 들여다보며 살아온 날과 살아갈 날들을 헤아려 보네

건풍

바람이 달고 볕이 좋다.
산등성이 너럭바위에 홀라당 벗고
누워 엎치락뒤치락하며 건풍에 맨살을
골고루 쬐고 싶다.
바지를 입고 산 날 이후로
바람에, 햇볕에 속살 쏘인 적 있었나?
한나절 온몸을 구석구석 말려
북어나 장작처럼 구릿빛으로 짱짱해지면
한결 마음도 개운해질 것을!
하느님도 보시구서 빙그레 웃을 것이다.

청명

햇볕 짱짱한 봄날에는 불쑥, 빨래를 하고 싶다.

세탁기가 빠는 빨래 말고 가마솥 가득 양잿물 풀어 펄펄 끓여 낸 빨랫감을 방망이로 두들기고 손으로 문질러 올에 박힌 때며 얼룩까지 싹싹 비벼 빠는 손빨래가 하고 싶은 것이다.

다 빨아 낸 빨래들을 빨랫줄에 가지런히 널어놓고 마루에 앉아 마당에 물을 내려놓는 빨래들과 울긋불긋 봄꽃으로 찬란한 앞산을 번갈아 넋 놓고 하염없이 바라보고 싶은 것이다.

살아오면서 부지불식간 지은 죄의 세목들을 그렇게 표백시키면 마음도 몸도 개운해지는 시간을 누리고 싶은 것이다.

고향 2

어둠이 키 작은 지붕을 덮어 오는
가을 저녁 젊은 엄니가 골똘한 얼굴로
아궁이 앞에 쭈그리고 앉아 함부로
나대는 불을 부지깽이로 토닥토닥 어르고
달래는 것을, 나는 그림책을 들여다보듯
빼꼼히 열린 부엌문 새로 바라보고는 하였는데
그럴 때면 뒷산을 뒤지며 먹이를 찾던,
허기진 새들의 울음소리가, 구수하게
익어 가는 보리밥 내음이 이내처럼
번지는 부뚜막으로 뛰어들고는 하였다

세상 속으로

새롭게 태어난 이가
새 세상을 연다
내가 새롭지 않으면
산과 언덕, 해와 달과 강,
구름과 바람과 기차 그리고 사랑하는
당신조차도 낡고 고루한 것에 지나지 않으니

새날을 살기 위하여
새해 첫날은 새롭게 태어나야 하리
새롭게 태어난 이들이여,
세상 속으로 성큼, 걸어가 보자
본래 소리가 없는 물이 흐를 때
소리를 내는 것은 울퉁불퉁한
바닥을 만난 탓이니
나를 다녀가는 이가 소리 내지 않도록

새로이, 마음의 바닥 고르게 하자
새롭게 태어난 이들이여
더러는 가던 길 문득 멈춰
고요와 적막이 우거진,

우리들 미래의 거처
허공을 응시하고
길가 쭈그려 앉아 돌 틈새 핀

괭이눈, 애기똥풀에게
눈을 맞추자
새롭게 태어난 이들이여,
고통이 축복이고 무통이
죽음이라는 역설을 생활로 깨치고
누군가 나를 울지 않는 일
내일을 위해 오늘을 혹사시키지
말 것과 모든 이로부터
상찬받으려 하지 않는 것,

아침에 태어나
저녁에 죽는 그늘처럼
죽어야 태어나는 부활의 나날을 살자
새해 첫날 새롭게 태어난 이들이여,
세상 속으로 성큼, 걸어가 보자

옛날 생각

육간집에서는 근으로 팔았지요.
천칭 저울이 있어 칼로 끊어 낸
한 근, 두 근, 세 근, 닷 근
저울추가 일러 준 대로
얼금뱅이 주인은 괴기를 팔았습니다.
혼기 놓친 누이가 홀아비를 모시는
고향집에 들를 적에는
간판도 없던 고깃집에서
돼지고기 댓 근, 죄책감
서너 근, 절망과 서러움
근 반을 사 주인이 헌
신문지에 둘둘 말아 주는 것을
옆구리에 끼고 허청허청
밤길 걸어갔지요
길바닥 군데군데 박힌
살얼음에 하얗게 부서져
글썽글썽 반짝이던 달빛
모으면 몇 근이나 될까?
엉뚱한 생각을 하다가
엉덩방아 찧기도 하였답니다.
고개 너머 오 리 길!

그리운 것들은 멀리 있다

어스름 새벽 홰에 올라 황금빛 날개를 펴고 포효하듯 하루의 개막을 알리던 수탉의 울음 소리 듣고 싶다.

수탉의 장쾌한 울음소리가 키 작은 지붕을 몇 번 들었다 놓으면 엄니의 부엌문 여는 소리, 외양간 소가 입김을 길게 내뿜으며 워낭을 흔들어 대고 이어, 아부지의 괜한 호통 소리가 문창을 흔들어 댄다.

야, 이놈들아! 해가 중천에 떴다. 여직 안 일어나고 뭣들 하느냐?

죽기보다 듣기 싫었던, 겨울 아침 머리맡에 포탄처럼 떨어지던, 기상을 알리는 아부지의 고함 소리!

공터

공터에는 무엇이 살고 있을까? 공터에는 듬성듬성 잡풀
이 자라고 얼굴 가린 돌멩이들, 부지런히 자리를 옮겨 다니
며 비둘기들 부리로 바닥을 쪼고 불쑥 생각난 듯 바람이 찾
아와 조용히 잡풀을 흔들다가 냅다 비닐봉지를 걷어차고 풀
잎 아래 그늘이 키를 늘이다가 줄어들고 일개미들이 자신들
보다 큰 짐들을 실어 나르고 걸레 뭉치인 양 휙, 새의 그림
자가 지나가고 한구석 어디서 굴러왔는지 널브러진 폐타이
어 찢어진 틈새 먼지가 쌓이고 창창울울 우거지는 고요의
공터에 분주한 일상이 있다

그리운 것들은 멀리 있다 2

배화교도처럼 한때 불을 숭배한 적이 있다.

어릴 적 불 때는 엄니 곁에 쭈그려 앉아 있을 때 아궁이 밖으로 나와 부뚜막으로 한사코 기어오르려 쉴 새 없이 불이 혓바닥을 날름거리면 엄니는 부지깽이로 불의 종아리를 두들겨 다소곳하게 만든 뒤 다시 아궁이 속으로 들여놓곤 하셨다.

어둑신한 두어 평 부엌을 환하게 적시던 화염에 취해 무아지경에 빠졌던 수 세기 전의 그 겨울 저녁들은 충분히 아름다웠다.

문득 생각난 듯 또 눈발이 도시의 울타리를 열어젖히고 있다. 까닭 없이 마음의 문풍지가 흔들리고 먼 곳에 두고 온 것들이 그리워진다.

주름진 얼굴

당신 눈가에 깊게 팬 주름을, 얼굴 바짝 들이대고 크게 눈 떠 들여다봅니다. 이랑이랑 펼쳐져 있는 밭고랑과 한낮에도 그늘이나 어둠이 고여 출렁거리는 골짜기가 있고 끝도 없이 길게 이어진 오솔길도 들어있군요. 주름 입구로 들어가 길을 따라 걸어봅니다.

뻐꾸기가 울 때마다 가만히 환해지는 산길에 누군가들이 남긴 발자국들이 새근새근 잠들어 있고 해 저문 마을의 굴뚝에서 연기가 피어오르고 서울행 막버스가 풀어놓은 혁대처럼 휘어진 신작로 따라 뽀얗게 먼지 피워올리며 사라지고 난 뒤 밤이 오자 언덕 위 달빛 조명 받은 억새꽃이 하얗게 나부끼고 풀벌레울음처럼 청아한 소리를 내며 흐르는 냇물 속에서 별들이 초롱초롱 빛을 내고 있습니다. 불을 숭배하는 배화교도처럼 아, 머릿수건으로 이마를 질끈 동여매고 아궁이 앞에 쪼그려 앉아 화염 경전을 읽고 있는 당신.

당신의 눈가 깊게 팬 주름 속 길을 따라 걷는 일은 당신의 가파른 평생을 읽는 일이라 걷는 동안 자주, 헉헉 숨이 차오릅니다.

집과 길

늦은 밤, 바깥에서 볼일 보고 돌아와 문득, 주황 불빛 드리운 우리 집 올려다보면 까닭 없이 가슴 뭉클해진다. 망망대해 항해하는 돛단배 한 척. 안에서는 덤덤하던 식구도 바깥에서 우연히 만날 때는 정겹고 살갑더라. 세상 모든 길은 내 집에서 나와 내 집으로 든다. 길 잃고, 길 찾아 우는 이여, 두고 온 집 떠올리면 길이 보인다.

제2부

박꽃, 호박꽃

한여름 피는 꽃에는
호박꽃, 박꽃이 있어요.
호박꽃은 담벼락에 피고요,
박꽃은 지붕 위에 피어요.
낮에 핀 호박꽃은 노랗고요,
밤에 핀 박꽃은 하얘요.
호박꽃은 별 모양으로 피고요,
박꽃은 달 모양으로 피어요.
호박꽃 보면 절로 불끈 힘이 솟구치고요,
박꽃 보면 까닭 없이 마음이 애잔해져요.
호박꽃은 태양 훔쳐 애를 배고요,
박꽃은 달빛 품어 애를 배어요.
낮에는 호박꽃처럼 악착 떨며 살다가
밤에는 박꽃처럼 그리운 이
기다리다 지친 몸 잠에 먹혀요.

산란기

산란기 산행객들 발소리 내지 말게

알 품은 어미 새들 놀라면 되겠느냐

산속은 산부인 병동 말소리도 줄이게

한로

계곡을 흐르는 물소리

몽돌처럼 단단하고

또렷하다

구르는 물방울 소리

입 안에 넣고 굴리면

이뿌리가 아리고 시리다

깊어 가는 가을

물방울 소리도 열매처럼

둥글둥글 익는가 보다

바느질

풀의 바느질 솜씨
가히 천의무봉이로다
삼동내 해지고 헌 산야
찬찬히 살펴
한 땀, 한 땀
꼼꼼하게 꿰매고 있다

청명 2

가을 하늘 어찌 저리 푸를까요?
서너 필 끊어다가 바람의 바늘귀에
햇살 꿰어 한 땀 한 땀 지어서
옷 한 벌 해 입고 들녘에 서면
저승의 안방까지 환히 보일 듯
오늘같이 청명한 날은
이승과 저승이 한통속인 것만 같아요

천문天文

신께서 키보드를 두드리신다
햇살과 비를 두드리고
구름과 바람을 두드리고
별과 달의 엔터 키를 누른다
봄과 가을은
신이 집필에 열중하는 달
신의 손이 자판을 두드릴 때마다
산야의 페이지에 피어나는
아무리 읽어도 물리지 않는
하양 파랑 분홍 빨강 시문들

적막 한 채

빈집 장광에 놓여 있는 금 간 항아리
사나흘 전 다녀간 비가 바닥을 간신히 적시고 있다
구름이 얼비쳤다 가고
달빛 혀 내밀어 맛보다 내빼고
엊그제 헛청에서 건너온 늙은 거미가
입구에 쳐 놓은 그물엔 새벽 별 몇 송이 파닥거린다
한때는 얼마나 뜨거운 몸이었던가
사철 내내 짠 간장과 되직한 된장과
맵고 뜨거운 고추장 담고도 내색 없이 살았던 살(肉) 아
니었던가
다 비워 낸 자연으로 들어앉아
지금은 다만 산그늘, 산새 울음,
길 잃은 바람이나
들렀다 가는
적막 한 채

갯벌

　보름 지나 강물처럼 흘러내리는 달 품어 낳은 알들을 바다는 부럿 속에 밀어 넣는다 박명의 갯벌을 빠져나가는 숨찬 달의 장딴지에 개흙이 묻어 있다 정오 날 선 햇볕 갯벌의 정수리를 달구면 숭숭 뚫린 구멍 속에서 알의 껍질을 깨고 새끼들이 나온다. 칠게 길게 놓게 엽낭게 넓적콩게 꽃게 밤게 집게 모시조개 동죽 가리맛 백합 떡조개 바지락 꼬막 피뿔고둥 왕좁쌀무늬고둥 비단고둥 쏙 새우 따개비 민챙이 망둥어 갯지렁이 짱뚱어 등속 어지럽게 뒤엉켜 족적을 포개며 가쁘게 기어다니느라 들썩거리는 갯벌은 비린내가 자욱하다 갓 태어난 것들은 서로를 먹고 먹히면서 후레자식이 되어 해의 살을 뜯고 달의 젖을 빤다

하루

어느 날 새벽 나는 숲속에서 나무의 한 가지를 박차고 공중으로 솟구쳐 날아가는 새를 보았습니다. 그 바람에 밤사이 딱딱하게 굳어 있던 공기가 과자 부스러기처럼 잘게 부서져 내리고 때마침 숲 한쪽을 붉게 물들이며 해가 얼굴을 내밀고 있었습니다. 나는 새 한 마리가 열어 놓은 하루 속으로 성큼성큼 걸어 들어갔습니다.

수평과 고요

날개를 가진 것들은
날 때나 착지할 때
날개 움직여 수평 잡는다
아슬아슬 수평이 이루어질 때
고요는 심해처럼 깊다
날개 없는 것들은
수평의 고요를 모른다
수평을 견디지 못해
무너뜨리고 깨뜨린다
수평은 넓이가 아니라 깊이다

설국

옛적 눈 많이 내린 날 들판을 걷다 보면 산이 우는 소리가 들려왔다. 어흥! 어흥! 영락없이 호랑이가 우는 소리였다. 산이, 아니 호랑이가 쩌렁쩌렁 하늘 장막을 찢어 대며 울부짖을 때마다 갓 태어난 푸른 별들 깜짝깜짝 놀라 경기를 일으켰고 설해목이 우지끈, 쿵, 쓰러지고는 하였다. 고요가 울타리를 치는 마을 백 년 전 사라진 시베리아 산 호랑이가 돌아와 삼동을 살다 가곤 하였다.

삼동

사위는 불처럼
달빛 쇠잔해 갈 때
바람도 없는데 문득,
처마 끝 시래기 다발 풀려
뜰팡에 흘러내리듯
목숨 놓는 이들 있었다
재 너머 오촌 당숙
윗마을 작은아버지
타성바지 김金 씨 아저씨

살아간다

　구름은 하늘이 적적할까 봐 생겨나고 새는 나무가 심심해
할까 봐 날아오르고 물고기는 물을 정화하려고 헤엄치고 꽃
은 나비를 희롱하려고 피고 달과 별은 어둠을 이기려고 빛
나고 나무는 흔들리는 이를 위해 서 있고 나는 너의 슬픔을
온전하게 안으려 악착같이 살아간다

시월

　지금쯤 고향 텃밭에는 배추 속 노랗게 익어 가겠지 하늘
은 숯불 다리미 다녀간 광목처럼 팽팽하게 푸르고 울긋불긋
술 취한 사내의 낯짝으로 산은 점점 붉게 타오르겠지 밭두
둑 꼬투리 튀어 나간 서리태 검정콩 주워 담느라 검고 주름
진 손 바빠지겠지 억새꽃은 공중을 한지 삼아 일필휘지하거
나 마당인 양 쓸어 대겠지 담벼락에 널어 놓은 홑청이 뽀드
득 잘 마르는 동안 뒤란 아람 벌어진 밤알 투둑, 적막을 깨
며 떨어지겠지 그러다가 가을이 더욱 깊어지면 다 자란 배
추 떠난 텃밭에 글썽글썽 진눈깨비 휘날리겠지

산책

비 다녀간 길을 걷는다. 풀과 나무 표정이 실컷 울고 난 이의 얼굴처럼 개운하다. 흙은 목욕을 마친 여인의 살결처럼 부드럽고 연하다. 비의 마법이다. 저들은 비가 내리는 동안 비의 몸을 빌려 울었으리라. 그새 체중 불어난 강물은 보폭의 속도 높여 빠르게 흐르고 있다. 공중의 오선지 넘나드는 새들의 음표 발랄, 경쾌하다. 비는 윤활유, 초록의 화염은 더욱 거세게 번지고 습기 말리는 바람이 여울처럼 흐르고 있다. 나는 마음의 창을 열고 몸속을 환기시킨다. 고여 있던 우울이 시나브로 풀리고 있다.

정오의 산책

늦여름 오지의 산길은, 해가
중천에 떴는데도 만취한 사내마냥
쿨쿨, 자고 있지 뭐예요?
냅다 엉덩이를 차 주었더니
게으르게 일어나서는 멀뚱멀뚱
두리번거리며 풀썩, 흙먼지
한 줌을 날리는 거였어요.
때마침 하늘을 날던 새가
물똥을 길의 낯바닥에 갈기고는
숲속으로 숨어들고 있었어요.
숙면을 취해서인지 시골길은
탄력이 있고 구리
빛 근육이 싱싱해 보였어요.
새삼 소음과 불빛에 시달리느라
불면으로 까칠해진
도회 길 떠올라 애가 탔어요.

강화 산책

상수리나무 숲에 든다. 이곳은 지난여름 풍뎅이들이 혼
례를 치렀던 곳, 가지를 떠나 땅에 수북이 쌓인 잎들은 작
고 여린 산짐승들의 겨울 이불이 되어 줄 것이고 여기저기
흩어져 흙 속에 얼굴 묻고 있는 열매들은 양식이 되어 주림
을 면하게 하리. 텅 빈 가지 사이로 하늘은 맑게 빛나고 바
람은 물소리를 내며 빠르게 공중을 흐르고 있다. 이곳에 오
면 나는 까닭 없이 경건해져서 두 손 모으게 된다. 상처가
아무는지 자꾸만 마음이 가렵다. 저 멀리 드문드문 가옥들
은 가축들처럼 순하게 엎드려 있고 우련하게 비탈을 타고
종소리 들려온다.

폐사지

전국에 산재된 절터 숫자
어림잡아 오천여 개
부처 가둔 감옥들
그렇게도 많았구나.
스님 떠나고 불자 찾지 않아
빈 절이었다가 폐허가 되어서야
비로소 출옥하여 부처로
돌아간 부처여,
그러나 아직도 성스러운 유명 감옥들에는
갇힌 부처 접견하려
면회객들 문전성시 이루고 있다

저수지

    한여름은 잔바람에 질세라 큰 입 열어 시끄럽더니, 겨울 혹한이라고 꽁꽁 언 입 꿰맨 듯 봉해 버렸다. 봄 오고 해빙되면 또 참을 수 없는 가벼움으로 쉴 새 없이 재잘대겠지?

의자

쉼 없이 걷고 달리는 강물에게 의자가 되어 주는 섬들이
있다. 가던 길 잠시 멈춰 부르튼 발 주물러 주고 팔, 다리,
어깨의 뭉친 근육 풀어 주는 쉼터가 있다. 강 한가운데 떠
있는 밤섬, 선유도의 의자에 앉아 강물은 걸어온 아득한 옛
길 더듬어 보고 바다에 다 와 가는 내일 헤아려 본다.

제3부

살(肉)

마당을 서성이며 듣는다.
개울에서 기어 나온 빗소리
감나무에서 튕겨 나온 빗소리
대추나무에서 떨어지는 빗소리
밤나무에서 뛰어내리는 빗소리
채전에서 흘러드는 빗소리
지붕에서 통통 튀는 빗소리
우산 위에서 굴러온 빗소리
빗소리들 서로를 밀쳐 내고
껴안고 스미고 엉킨다.
손 뻗어 빗소리의
뭉클한 살(肉)을 만진다.
빗소리가 깊게 들어와 나를 적신다.
소리에 젖은 몸 흘러내린다.

산을 오르다가

한 무더기 꽃마리 보았네
바람이 불 때마다
산을 흔들고 있었네

지상에 피어난 푸른 별들
꺾고 싶었지만
뿌리째
정원으로 옮겨 오고 싶었지만

애써 욕망을 누르고 비웠네
태어나 자란 곳에서
살다가 죽는 것은 그들의 권리라네

사랑은 소유하지 않는 것
존재를 지켜 주는 것
찾아가 바라보는 것

언제든 보고 싶을 때
산을 오르면
한 무더기 꽃마리가 있다네

사과

사과 한 알이 테이블 위에 놓여 있다.
나는 저 사과가 온 경로를 알지 못한다.
사물들의 시선이 사과로 쏠리고 있다.
사과는 집중과 확산이다.
사과는 침묵으로 나를 관장한다.
사과는 태초의 기억들을 환기시킨다.
공중을 살아오면서 매 순간 사투를 벌여 온 사과.
거울을 볼 때마다 등 뒤 사과의 시선을 의식한다.
사과는 과일이 아니다.

빛

빛은 오염되지 않는다.
빛은 비춤으로써
세상의 오물들을 낱낱이 드러내지만
자신이 드러낸 오물들에
오염되지 않는다.

룸 톤

빈 공간에도 소리가 있다네.

그걸 룸 톤이라고 하지.

모든 공간은 제각기 고유한 소리를 가지고 있네.

공간 안에 놓인 사물들의 위치에 따라 룸 톤이 달라진다네.

무음도 소리인 게지.

의식으로는 들을 수 없지만 무의식으로 느낄 수 있는 소리.

침묵은 그런 상태에서나 가능하다네.

찰나에서 영원을

여기, 바닥이 보이도록 투명한 호수가 있다
투명한 것은 깊이를 감춘다
나는 한 마리 물고기 되어
꼬리지느러미를 날렵하게 세우고
물방울 튕기며 정적을 가르고 싶다
한 마리의 물고기가 호수를 끌고 다닌다
물속 세계가 답답하다
불쑥 솟는 충동으로
물고기는 수면을 찢고 솟아오른다
잠시 잠깐 허공에 머무르는 동안
물고기는 자유를 호흡하리라
그러나 자유에는 치사량의 독이 숨어 있다
숨이 턱까지 차오른 물고기는
다시 수면 아래로 돌아가
호수의 일상을 살아가리라
누구나 누추한 일상을 벗고
순간의 기쁨을 누리고 싶을 때가 있다
그렇게 찰나에서 영원을 살기도 하는 것이다

달

귀퉁이 닳은 비누 조각
쳐다볼 때마다
하루치 더러워진
영혼의 그을음을 닦는다
다 닳아 없어지면
신은 또 새 비누 하나를
슬그머니 걸어 놓는다

메를로-퐁티를 읽으며

나뭇가지 위에서 새가 울고 있다
새의 목에서 나는 소리가 아니다
새의 몸의 구조,
부분 요소가 아닌 몸 전체가 작용한 결과다
새소리는 몸의 시각과 청각이
하나로 지각되는 순간 이루어진다
새소리를 들으며 나는,
보이지 않는 새의 형상을 떠올린다

메멘토 모리

허공을 스쳐 지난 유성은 아름답다

꽃처럼 피어나서 푸르게 반짝이는

별들은 수십, 수백억 년 전에 죽은 것들이다

독백

저녁이 슬며시 다가와 옆구리를 찌른다
여봐, 친구, 왜 표정이 어두운가?
난 저녁의 찬 손 떼어 놓고
신이 막 붓 칠 끝낸 묵화를 바라본다
난 결심한 게 있다네
얼마 후 저 묵화 위에 달이 떠올라 낙관을 찍으리라
속이 시끄럽군
머릿속 자욱한 발자국을 지우게나
저녁은 가래 뱉듯 핀잔을 던지고는
바삐 골목을 돌아 나간다

불멸

가을이 익어 그대가 불로 찾아오시면
거기 바짝 마른 억새꽃으로
허공을 쓸다가 활활 타오르리다.
오거라, 불이여, 연록이었다가 시퍼렇다가
노릇노릇 저무는,
내 한생을 몽땅 바치오리니!
그대는 와서 나의 온 생을 삼키어 다오!
타고 남은 재로 지천을 떠돌다가
연 닿은 누군가의 일생에 스며
또 한 생을 살리.
그대가 내게로 와서 지핀
불길로 해 질 녘 노을은 더욱 붉어지리!

달의 궁둥이

한밤중 시골길 걷다가 앞산 중턱 은륜 굴리며
오르고 있는 달의 살찐 궁둥이 어찌나 탐스러운지
나도 모르게 손 뻗어 더듬고 있는데
갑자기 수확 철 도리깨질에 쏟아져 내리는 깨알
웃음소리 까르르 놀라 올려다보니
창공에 총총 떠 있는 별빛들 호기심 어린 눈
빛 반짝반짝 빛나고 있었다 에구, 이놈의 손모가지!
누가 불세라, 슬쩍 거둬들였다
나 죽어 하늘 법정에 설 날 오려나?

나무의 감정

나무에 기대어 나무의 감정을 듣는다.
나무는 제 맘껏 감정을 발산한다.
웃고 울고 성내고 흐느끼고 속삭인다.
나무의 감정이 몸속으로 흘러든다.
나무의 얼굴인 나뭇잎에는
얼마나 많은 나무의 감정이 숨어 있는가
오늘 저녁 나무는 기분이 좋은 모양이다.
바람의 물결에 몸을 맡긴 채
살랑살랑 나뭇잎을 흔들고 있다.
나무의 기쁨이
몸속으로 맑은 소리를 내며 흘러 들어온다.

무경계

　우주의 미래에 대한 책을 읽고 나서부터 이상한 사고가
나를 지배하고 있다. 산책길에 만나는 온갖 사물들이 뉴런
처럼 보이기 시작한 것이다. 강물, 강물 속 물고기들, 강물
에 젖을 댄 풀잎들, 꽃잎들, 길가의 나무들, 공중을 나는
새들, 무정물인 돌멩이와 전선줄까지 신경세포로 보여 무
심할 수 없게 되었다. 더러는 그들의 숨결까지 엿듣게 되어
문득문득 걸음을 멈추게 된다. 공장의 굴뚝, 하늘의 구름도
근친 같아서 무엇 하나 무심할 수가 없다. 이념도 종교도 국
가도 장난 같아서 자꾸 헛웃음이 나오는 것이다.

착시

어젯밤에는 아파트 옥상에서 사다리를 타고 달에 올라가 한참을 놀다 왔다. 달에서 내려다보니 푸른 지구 별이 참으로 아름다웠다. 군 시절 해안가에서 보초 서다가 바라본 밤바다 오징어잡이 선박들의 칸델라 불빛도 얼마나 아름다웠던가. 비린내와 땀방울을 보지 못하니 아름다운 것이다. 이렇듯 시각이 진실을 은폐할 수 있다는 것을 어제의 여행을 통해 다시 알게 되었다. 내가 떠나려 하니 달이 자꾸 울먹거려서 달래다가 미명에야 가까스로 내려왔다.

시드니 연가

1.
나는 무엇을 찾아 시드니에 갔는가
시드니에서 무엇을 보고 읽었는가
3대 미항의 하나인 시드니에 와서
한 마리 야생으로 떠도는 동안
진정한 자유를 누렸어요

시내 깊숙이 들어와 강물처럼 흐르는 바다
해안선을 따라 걸으며
새삼 바다와 육지가 하나라는 것을
섬광처럼 깨달았어요
해안선은 나누는 경계선이 아니라
만나는 지점이니 그들은 둘이 아니라 하나입니다
쾌락 없는 고통 없듯
삶 없는 죽음도 없습니다
고통과 쾌락이 하나이고
삶과 죽음도 하나입니다

나는 바다의 녹지에 키보드를 두들겼어요
영혼의 언어들 흩어질세라

서로를 바짝 끌어안고
출렁출렁 바다로 흘러갔어요
아직 아무에게도 읽히지 않은
나의 시가 대양을 떠돌다
더러 물고기들 밥이 되고
뱃전에 부서지거나
낯선 이국의 부두에 닿아
철썩이며 훌쩍이기도 하리라 생각했어요

산불이 다녀간 뒤에도 살아남은
유칼립투스 나무들 바라보면서
나라는 주체가 소멸되어
나무와 내가 하나라는 깨달음이 왔어요
나는, 바라보는 나를 볼 수가 없어요
보여지는 것과 보는 것의 경계가 사라지고
우주 속에서 나무와 나는
하나로 연결되어 있다는 것을 실감했어요

모든 기관들이
하나의 신체 구조 속에서

서로 이어져 있듯 우주 밖에서
안을 들여다보면 개체들은
경계로 나누어진 것이 아니라
하나로 연결되어 있어요
이것이 실재입니다

울런공Wollongong에서 바라본 에메랄드빛
바다는 원주민의 슬픔으로 출렁였어요
얼마 남지 않은 부족은
호주 정부가 무상으로 공급하는
마약에 취해
생을 탕진한다고 해요
인간의 분별이란 때로 얼마나 야만입니까
제노사이드의 광기는
분별이 차별을 낳을 때 발생합니다

오페라하우스에서 마음을 굽이치는
선율에 젖어 봅니다
음악은 주술성이 있어 영혼을 취하게 합니다
음악은 사람을 가르는 장벽을 제거할 수도 있지만,

음악에 대한 감수성은 정치적 잔인성과 결합할 수도 있
지요*

코카투 아일랜드Cockatoo Island에서는 호주 역사 초창기
죄수들을 떠올리며 잠시 가슴이 먹먹했어요
'죄수들을 가둔 감옥은 우리가 사는 세상이
감옥이라는 것을 감추기 위해 지어졌지요'

블루 마운틴에서 호연지기를 품었다가
영화의 주인공이 되어 한 여인과 나란히
폐광촌 소팔라 거리를 쏘다녔어요
지구촌 어디에나 사람이 살다 간
흔적은 마음을 숙연케 해요

아, 가도 가도 시선 닿지 않는
광활한 초원 자동차로 질주하며
나를 옥죄던 지난날의 풍속이며
율법 따위 검불인 양 훌훌
벗어던지고 나를 방목했어요
와이너리에서 포도주를 시음하며

음유시인이 되었고
머지mudgee의 별장에서
캥거루들과 교감했어요

밤이 익어 갈 때 붉은 구름들 사이로
떠오른 우유색 달빛 조명 속에서
다중우주를 떠올렸어요
최초의 우주가 팽창할 때
생겨난 물방울 같은 무수한 우주들 속에
또 다른, 수많은 내가 살고 있다는 평행 이론
시드니에서 한유를 즐기는 나와 달리
다른 우주들 속에서 나는 무엇을 하며 지낼까요?

돌아오는 길
헨리 로슨 문학관에서
그의 생을 다녀간 금발의 여덟 여인들
초상 보며 잠시 부러웠지만
금수저로 태어났으나
알코올 중독에 빠져 노숙자로 생을 마감한
불우한 그의 말년 떠올려 고소했어요

사랑은 왜
이루어지면 가지를 떠난
꽃처럼 이내 시들해지는 걸까요?

작열하는 2월의 태양, 울타리 없는 목장,
드넓은 포도원을 지나
붉은 구름 비껴가는 달빛
조명 속에서 나는 가수가 되어 열창했어요
시드니,

2.
하루가 지나자
우린 금란지교가 되었지요
시詩가 우리를 가깝게 해 줬어요
스무 살 뜨거운 청년으로 돌아간 우리는
가닥, 가닥들이 꼬여
두꺼운 하나의 가지로 뻗어서는
연보라 등꽃을 피우는
등나무처럼 사랑과 우정을 꽃피웠지요
열흘이 하루처럼 빠르게 흐르고

열흘이 십 년처럼 깊게 흘렀지요
시드니는 어느새 내 마음의 고향이 되었어요
시와 음악과 사유가
바다로 출렁이고 숲으로 우거진 도시에서
잃어버린 생의 시원을 보았어요

* 슬라보예 지젝.

멀리 보다

나는 이제 멀리 보려 한다.

가까이 오래 들여다봐야 예쁜 것도 있지만

멀리 한참을 보아야 드러나는 진실도 있다.

밤하늘 명멸하는 별빛들 바라보며

생의 근원을 떠올리고

내가 마침내 돌아갈 곳을 떠올린다.

너에 대한 미움과 불신으로 마음이

성마를 때 하늘을 올려다보면

네가 나와 한 가족이고

네가 내 일부란 것을 문득 깨닫게 된다.

그렇다. 하늘을 바라본다는 것은

과거를 돌아보는 일.

시간을 거슬러 오르면 우리는

태곳적 한날한시 별의 재에서 태어난 자손들이다.

속이 시끄러워 몸이 아플 때

저 먼 곳, 아득한,

시작도 끝도 없는 우주의 침묵을 뒤적인다.

나는 이제 가까이

바로 보는 대신 멀리 보려 한다.

사람과 별

우리는 어디서 왔는가? 이 물음에 물리학은 말한다. 별
에서 왔지.

우리 몸은 원자들로 결합되어 있는데 원자 단위는 산소
탄소 질소 인이 99%이고 칼륨 황 나트륨 염소 마그네슘 철
등이 1%이다.

원소들은 우주의 빅뱅 이후 수백만 광년 떨어진 별들이
폭발할 때(초신성) 생겨나 46억 년 전 지구가 생성될 때 유입
된 것들이다.

사람처럼 별들도 생로병사를 겪는다.

아침 산책로에서 걸어다니는 별들을 만난다. 대개가 태
어난 지 오래된 별들이다. 사후에 다시 분자로, 원자로 돌
아갈 별들이 흐릿하게 빛을 발하며 걷고 있다. 초신성처럼
사후에도 빛을 발하는 별은 과연 몇이나 될까?

구원

마음이 을씨년스러운 날 뜨락에 앉아 볕을 쬔다. 볕이 볼을 내밀어 볼을 비비는 것을, 볕이 손을 뻗어 목덜미를 간지르고 주무르는 것을, 볕이 혀를 내밀어 손등을 핥는 것을, 8분 전 태양을 떠나 내게 당도한 볕의 치마폭에 안겨서 눈사람처럼 포근하게 녹아드는 달콤한 충만을, 나는 구원처럼 즐기고 싶은 것이다.

제4부

보리밥

비빔밥을 먹는다
양푼에 보리밥 한가득 퍼서
열무김치에, 살짝 데친 호박에,
참기름 한 숟갈 떨어뜨려
순창 고추장으로 썩썩 비벼서는
입 안 미어지게 퍼 넣는다
얼얼한 입천장이야 까지든 말든
배 속이야 활활 불타든 말든
삼동을 살아 낸 음지식물은
여름에 먹어야 보양이 되지
다 먹고 나서 봉긋 솟은 배
두드리며 방귀를 뀐다
냄새 없이 소리만 요란한 방귀
텃밭에 거름 주듯 뿡뿡뿡
개기름 번지르르한
낯짝 향해 마구 뿌린다

봄밤

늙은 부부여,
모처럼 부부 싸움을 하자
이 꽃이 이쁘니, 저 꽃이 좋으니
다투며 향기 우거진 공원을 걷자
늙은 부부여,
봄밤에는 생활을 벗고
철부지로 돌아가
유치한 말놀이를 즐기자
늙은 부부여,
봄밤에는 옛날처럼 눈도 맞추며
가출한 불량 청소년처럼
밤거리를 늦도록 쏘다녀 보자

부부

아내와 각방 쓴 지 스무 해가 넘는다. 미니 별거인 셈이고 스몰 졸혼인 셈이다. 각방이 서운키도 하다만 편리할 때도 있다. 내외하며 살아도 챙길 것은 챙긴다.

오늘은 빨래하는 날, 탈수된 빨래들 세탁기에서 꺼내니 아내의 브라와 내 팬츠가 한 몸으로 엉켜 있다. 잘 떼어지지 않는다.

부소산

해발 106미터
언덕 같은 솔뫼에 오른다
뒷짐 지고 옛 노래 흥얼거리며
올라 내려다보면
고읍은 소꿉놀이처럼 앙증맞다
천 년 한恨을 나는 모르고
다만 산을 에둘러 흐르는
강물처럼 낮고 느린 말투의
흙빛 얼굴들 살다 간 내력이나
떠올려 보는 것이다
소나무의 한평생을,
자랑도 굴욕도 내려놓고 살라는
산의 전언이나 새기다 오는 것이다
부소산은 혼자 걸어야 높고 깊다

친구

자기 시대에서만 친구를 찾는 사람은 위대한 사람이 아니다(니체).

노자, 장자, 사마천, 원효, 쇼펜하우어, 스피노자, 니체, 카뮈, 메를로-퐁티, 박지원 등을 친구로 삼아 볼까?

귀가 자라네

사랑에 빠진 사람은 귀가 자라네

사랑에 빠진 사람은 온몸이 귀가 된다네

뒤에서 들려오는

발소리만 듣고도 발소리의 임자를 안다네

사랑에 빠진 사람은 소리의 감별사가 된다네

멀리서 걸어오는 발소리만 듣고도

발의 감정을 읽을 수 있네

뻐꾸기 엄마

오뉴월 철새,
집 지을 새 없어
남의 둥지에 알 낳았지
무모하지 않으면 대 이을 수 없어
염탐에 강탈에 모질게 굴어야 했지

끊길 듯
산길 흘러내리는
애련한 울음의 긴 끈
낯 두껍다 욕하지만
뉘 너희 속내를 알랴

아침마다 전쟁 치르는
젊은 엄마, 울며
보채는 아이 어르고
달래 어린이집에 맡기고
돌아서 남몰래 속울음 울고 있다

살다 보면

　살다 보면 가끔 엄살을 부리고 싶을 때가 있다. 아이일 적 엄니에게 그랬듯이 아픈 척 슬픈 척 괴로운 척 힘든 척 엄살 부리며 달콤하게 위로받고 싶을 때가 있는 것이다. 사랑은 엄살을 주고받는 것, 그러나 어디를 둘러보아도 내 엄살 받아 줄 사람이 없다. 사는 일 문득 겹고 벅찰 때 산에 가거나 강을 찾아가 나는 나에게 엄살을 부린다. 어린 내가 어른인 내게 엄살 부리면 어른인 내가 어린 나를, 괜찮다, 괜찮다, 토닥토닥 달래 주고 어루만진다.

슬하, 라는 말

슬하, 라는 말
참, 정겹고 따뜻하다
슬하에 눕거나 안기거나
기대 살던 나로부터
누구, 누구의 슬하가 되어
살다 가는 게 인생이다
슬하는 신발이고 모자이고
의자이고 베개이고 우산이다
밤이면 지붕 밑으로
모여드는 살뜰한 것들이 있다

엄니의 산밭

엄니는 산밭 잡풀과 싸우다가 가셨다. 엄니 돌아가신 후 묵정밭으로 변해 버린 산밭은 풀들 차지가 되었다. 엄니는 아셨을까? 무성한 잡풀이 당신 생애였다는 것, 그러니까 엄니는 평생 당신을 상대로 싸웠다는 것, 누구도 자신을 이길 순 없다.

콩국수

오늘 점심으로는 콩국수가 먹고 싶다
우윳빛 걸쭉한 콩국물에 낭창낭창
부드러운 면발 넣고 볶은 깨알들
고루 뿌린 뒤 반숙한 달걀과 살짝 데친
호박 썰어 고명으로 얹은 것을,
겉절이 반찬으로 놓고 먹고 싶은 것이다
세상살이 어리숙한 친구와 마주 앉아
웃옷 열어 연신 선풍기 바람
집어넣으며 주문받은 음식 내올 때마다
헐렁한 셔츠 속 출렁출렁 춤추는 젖무덤도
힐끔힐끔 훔쳐보면서 면발 다 건져 먹은
자리에 남은 국물,
개구리 삼키는 뱀처럼
목젖 꿈틀거리며 시원하게 마시고 싶다

하일서정夏日抒情

여기서 번쩍,
저기서 번쩍,
소음이 번성하는 여름이다

빨래가 잘 마르는
여름날 휴일의 창으로
거리의 온갖 소리가
앞다투어 들어온다
불자동차, 앰뷸런스 달리는 소리,
트럭 상인의 호객 소리가
함부로 이 방 저 방 기웃거리고
선풍기 소리 틈새 비집고 들어온
새 울음 서너 방울
또르르 굴러와서는
소파에 비스듬히 누워 있는
발치에 와서 머문다
위층에서 흘러 내려온
피아노 소나타가 귓등을 간질일 때
불쑥, 찬물 끼얹듯
매미들 떼창 거실로 쏟아져 온다

>
여름밤은 열린 창으로
오가는 행인들 발소리,
나뭇잎 바람에 나부끼는 소리가
들어와 집 안 잠음과 스스럼없이 섞이고
갓 태어난,
바깥의 온갖 냄새들
실내에서 살아온 냄새와 살을 섞는다
불 꺼진 거실에 달빛 스미고
갑자기 베란다로 뛰어드는
빗방울의 발바닥 몰래 환하다
안팎 왕래가 잦고 내통 원활한,

하늘과 땅
교성 요란하게 운우지정 나누는
여름은 소문도 무성해서
입과 귀가 쉴 틈이 없다

정인情人

　해종일 비가 내리는 날은 까닭 없이 배가 출출해져서 입이 심심해지는데 뒤죽박죽 순서도 없이 먹고 싶은 음식들 떠오른다.

　갓 쪄 낸 찰옥수수와 막 삶아 낸 순대와 계란 고명이 얹혀진 잔치국수와 풍성한 국물의 바지락 칼국수와 푹 익혀 썰어 낸 보쌈과 거름에 삭힌 홍어와 가는 흙내가 풍기는 남원 추어탕과 참기름 두른 두릅나물과 텁텁한 탁주와 슴슴한 도라지나물과 살짝 데친 오징어숙회 그리고 무엇보다 감자를 곱게 갈아 부친 감자전과 쓴맛이 밴 도토리묵 등속이 두서없이 눈앞에 어른거리는 것이다.

　정인과 마주 앉아 서로 연하여 권하며 먹는 풍경 떠올리는 것만으로도 벌써 마음이 흐뭇해지는 것이다.

사라진 것들

우리가 지각하지 않는 사이 거리에서 거지와 소매치기가 사라졌다. 전동차 안 잡상인이 보이지 않는다. 찬송가 카세트 틀어 놓고 힘겹게 인파 헤쳐 가던 앉은뱅이 맹인은 어디 갔을까? 또, 암 걸린 아내 병원비 도와 달라 읍소하던 중노인과 감옥소에서 나와 갱생의 호소문 돌리며 볼펜 강매하던 눈 부리부리한 사내와 고속버스 휴게소 잠시 정차한 차에 올라와 당첨 번호 미끼로 불량 특산물 팔던 누추한 기성복…… 어디에서 무슨 일로 생업을 이어 갈까? 나는 뜬금없이 이들의 안부가 그리울 때가 있다.

애마들

우리 집에는 수십 마리 말들이 있다

검정 말 하양 말 분홍 말

아침에 날 태워 나가서는 늦은 밤에야 돌아와 내려놓는다

그중 가장 선호하는 말은 검정이지만

숨겨 놓은 애인 만나러 갈 때는 분홍을 타고 나간다

옷장 맨 아래 컴컴한 마구간에는

주인의 호명 기다리며

귀 쫑긋 세우고 있는

순하고 부드러운 나의 애마들 한가득 들어 있다

장항선

사투리 억양으로 느릿느릿 기차가 달린다. 차창 밖 가을
햇살은 갓 쪄 낸 떡쌀처럼 눈부신데 승객들 기름 닳은 호롱
불같이 자울자울 졸고 있다.

키보드 두드리면

가을의 화면에 키보드 두드린다

키보드 두드리면 새가 날고

키보드 두드리면 별이 돋는다

키보드 두드리면

감들은 더욱 붉고

밤알들 후두둑 쏟아진다

키보드 두드리며 길을 걸으면

풀들 파랗게 웃고

꽃들이 다투어 피어난다

네 가슴의 분홍

\>

바탕화면에 키보드 치면

사랑이 피어 활짝 웃을까

좋겠다

분별없이 대취해 장광설 늘어놓던

젊은 날의 술자리보다 친구의 서러운

사랑 이야기 귀에 쓸어 담으며

위로 대신 더운 술 따라

슬며시 밀어 놓는 술자리 가졌으면 좋겠다.

술을 마시는 동안 폭설이

내려 돌아갈 길 끊겼으면 좋겠다.

잠이 모자란 주모가 주방을

맡기고는 슬그머니 잠자리 찾아 들어가고

달빛 선율 우리의 지친 어깨

주무르는 자정 너머의, 천천히

흘러가는 시간 마주했으면 좋겠다.

코스모스

가을이 익어 가면 신작로 모딜리아니 목 긴 여자처럼 키 큰 분홍 피어나 하늘하늘 여리게 손 흔들어 주었지. 트럭이나 버스가 지날 때마다 자갈 튕겨 키를 넘고 흙먼지 두껍게 내려앉아도 해맑은 웃음 시들 줄 몰랐지. 하굣길 책가방 속 빈 도시락 건반 삼아 두드리는 젓가락 장단에 보폭 맞추며 걷다가 환한 미소에 홀려 한참을 서 있곤 했지. 훗날에야 알았다. 너희 고국 머나먼 나라 멕시코라는 것, 꽃말이 순수라는 것도. 산책길 누군가 부르는 환청에 문득 뒤돌아보면 거기, 얼굴 한가득 홍조 띤 채 웃는 둥근 추억들! 아, 나는 너무 멀리 걸어왔구나!

골짜기

한낮에도 첩첩 그늘 고여 컴컴한 계곡

땀 절어 무거운 몸 밀어 넣으니

서늘한 바람 손 뻗어 와

가파른 능선의 시간 걸어온 몸 주물러 준다

울컥울컥 솟던 피,

생활 때문에 버린 신앙을 생각한다

돈 세던 손과 분내 맡던 코와 술잔 빨던 입과 단 소리에
열렸던 귀

차례로 씻는다

사는 동안 너무 많은 비밀 만들지 않기로 한다

물속 삼매경에 든 돌 하나 건져 올려

호주머니에 넣고 산을 내려온다

고향 3
―팽나무에게

오래전 숨 다하여 자취조차
흔적 없지만 망각을 재촉하는
시간의 홍수에도 휩쓸려 떠내려가지 않고
마음의 터 뿌리내린 채
우람한 풍채로 살아 계시는 당신은
수백 년 전 동네 우물곁 거처 마련해 놓고
해마다 스무여 평 그늘 농사지으셨다.
당신 슬하에 놓인 평상은 엄니와 할머니들 차지였다.
저녁밥 달게 드신 그네들
화수분처럼 무궁무진 이야기꽃 피워 댔는데
달콤하고, 쓸쓸하고, 쾌활하고, 슬펐다.
사랑방이나 회관이 되기도 했다.
큰일 생기면 품 안으로 모여든
골짜기 팬 이마들 의논 주고받았다.
새 가지에 피운 잎과
꽃으로 오가는 이들 눈 맑게 씻어 주었고
단것에 주린 아이들에게
등황색의 열매를 베풀었다.
베푼 것은 이뿐이 아니어서
한여름 밤

환한 달빛 아래 등목하는 처자들

당신 등에 숨어서

각다귀를 견디며 몰래 훔쳐보면서

성에 눈뜨기도 했다.

피붙이처럼 한시도 떨어질 새 없이

고락을 함께했던 당신이

기억으로부터 멀어진 것은

대처로 유학을 떠나고 나서부터였다.

타지의 새로운 풍속 익히고 따르느라

당신을 그리워할 새가 없었다.

대소사나 명절 맞아 갈 때에나

뵈었지만 당신은 한결같은 모습으로 나를 대했다.

한쪽으로 기운 어깨 두드리며

괜찮다, 아직은 괜찮다,

약 같은 위로 아끼지 않으셨다.

어느 해 갑자기 찾아든 병고 이기지 못한

어머니 돌아가시고, 연이어 동생이 사고로 죽고,

상심한 아버지 때 이르게 생 마감한 뒤로는

의무로 챙기던 고향도 더는 찾지 않았다.

스무 해 만에 일가 문상 갔다가 나는

깜짝 놀랐다.

누가 뭉텅 파내 간 것처럼 몸통 한가운데가

텅,

비워져 버린 피골상접한 당신 보며

나는 울었다.

수년을 버티다가 당신은 화火 수水 지地 풍風으로 돌아가셨다.

나는 임종을 지켜보지 못했다.

우물도 생기 잃더니 바닥 드러내고 말았다.

힘들고 지칠 때마다 떠올려 지혜 빌렸던

마을의 제일 오래된 어른

이제 거주를 내 마음으로 이전하여 살게 되었다.

고향 4

감자꽃 따며
죽은 엄니 한 생을 떠올린다
하양 보라 감자꽃
아까워도 따 줘야 감자알 굵어진다
엄니가 여자를 버리고 애오라지
어미로만 살다 간 것은
자식들 미래를 위해서였다

호남선

얼마나 깊은 절망과 한숨이
얼마나 맵고 짠 슬픔과 눈물이
얼마나 높고 단단한 각오와 다짐이
저 길 따라 올라가고 내려갔던가
강의 하류같이 느려 터진 사투리 장단
붐비던 객실과 촉수 낮은 전등 빛과
차창에 일렁이는 검고 주름진 얼굴들
너무 빠르거나 한참 늦게
키 작은 역들을 통과하면서
통곡처럼 기적 뿌리며 달리던 밤 짐승
나는 지금도 죄 많은 기차
호남선을 떠올리면
까닭 없이 매캐한 울음
목 가득 차오른다

혼잣말

　나이가 들면서 혼잣말하는 이상한 버릇이 생겼다. 귀가해 현관에 들어서면서 신발에게는 해종일 나를 신고 다니느라 애썼다 말하고, 방에 들어와서는 가방에게 나를 메고 걷느라, 옷에게는 나를 입고 사느라 욕봤다 수고했다 말하고, 잠들기 전 안경에게 나를 쓰고 읽느라 고생했다 말하는 습벽이 생긴 것이다. 연이 닿은 이것들이 아니라면 내가 어찌 하룬들 온전히 살 수 있었겠는가? 소용 다해 나를 떠날 때까지 헌신하는 이들에게 말로라도 갚아 드리고 싶은 생각에 나는 혼잣말하는 버릇이 생겨 버렸다.

섣달그믐

어느 해부터인가 나는 섣달그믐날이 돌아오면 나를 매장해 왔다. 아등바등 살아온 한 해 땅속에 묻고 돌아와 깊은 잠에 들었다. 그렇게 나는 매해 죽는 남자가 되었다. 오늘은 섣달그믐날 나는, 또 죽어 한 생을 얻어야 한다. 강을 벗고 바다를 입는 강물처럼!

제5부

호흡

추위가 깊어지기 전에
시장에 나가 숫돌과 칼을 사 와야겠다.
숫돌에 날(刀)을 갈아 본 적 언제였나?
호흡 가다듬고 숫돌에
한 방울 두 방울 정한 물 뿌려
비스듬히 눕히고 날 갈아 대는 동안
머리는 차가워지고 가슴은 뜨거워지리.
벼린 날 햇빛에 비추며
칼이 다녀갈 목록들 떠올리리.

혀

사람들은 입 속의 혀로 맛을 보고 입 속의 혀로 사랑을 나누고 입 속의 혀로 생각을 전한다. 그 사람을 알고 싶은가? 그 사람의 혀를 보아라. 구중궁궐에서는 한참 혀들의 각축으로 어지럽고 시끄럽다. 서로의 입 속 뜨겁게 드나들던 사랑의 혀들이 살무사처럼 사나운 맹독 서로에게 내뿜고 있다. 혀가 혀를 능멸하고 혀가 혀를 물어뜯는다. 천지 사방에 피와 독들이 뛴다.

사자를 위하여

평생을 무릎 꿇고 살아온
우리는 자라나는 아이들에게
당당히 서서 사는 자세와
태도를 가르쳐야 한다.
세상의 불의와 부당한 권위에
굴종하지 않고 자신의 주의, 주장을
말할 수 있는 힘을 길러 주어야 한다.
가만히 있으라 해서 가만히 있다가
죽는 일은 없어야 한다.
비판과 저항이 자신을 온전히
지키는 일이라는 것을,
자라나는 아이들은
강제된 힘 앞에 무릎 꿇지 않고
바로 서서 살아가는 삶이
위대한 생이라는 것을
행동으로 보여 주어야 한다.
낙타를 벗고
사자로 살아야 한다.

풀의 진실

풀은 눕거나 일어서지 않는다
키 작은 풀은 바람 불면
자지러지게 흔들릴 뿐 눕지 않는다
풀은 바람이 와서야 흔들리고
지나가고 나서야 흔들림을 멈춘다
비를 몰고 오는 바람이 지날 때마다
젖어 흔들리는 것은
풀의 의지일까 습관일까
풀은 바람보다 먼저 눕지 않고
바람보다 먼저 일어서지 않는다
비바람에 휘청거리는 큰 나무 아래에서
풀은 여리게 흔들릴 뿐
자세 무너뜨리지 않는다
풀은 슬플 때 울고
기쁠 때 웃는다

통음

신새벽 군고구마 안주로 술을 마신다.

고구마는 땅속 견뎌 온 식물이다.

고구마 형상은 땅의 숨결이 만든 것,

고구마에게서 구수한 흙내가 나는 것은 이 때문이다.

내가 이렇게 우울하고 괴로운 것은 바라는 게 많아서이다.

젊은 날에는 믿음이 있어 고된 줄을 몰랐다.

지금의 내 나이가 되면

세상은 야만을 면하리라.

나라에 운이 따르면

휴가철 여행지가 대동강이나 개마고원이 될 줄 알았다.

어리석고 순진한 생각이었다.

흉포해지고 이악스럽게 변해 가는 사람들.

일찍이 비참은 민족의 유구한 유산이었던 것.

땅을 벗어난 고구마는 간식거리가 되고

생고구마는 관리가 소홀하면 쉽게 상한다.

별명이 고구마였던 사람을 원망할까?

나는, 나를 속여 온 날들이 분하고 서러웠다.

신오감도

아이들이 거리를 질주하고 있다.
달리는 아이들을 세워 놓고 묻는다.
꿈이 무엇이냐?

아이 하나가 말한다. 땅 부자가 되는 꿈.
아이 둘이 말한다. 건물주가 되거나 수십, 수백 채 아파
트를 소유하는 꿈.
아이 셋이 말한다. 권력자가 되는 꿈.
아이 넷이 말한다. 재벌이 되는 꿈.
아이 다섯이 말한다. 연예인이 되어 사는 꿈.
아이 여섯이 말한다. 아이 하나의 꿈과 같다.
아이 일곱이 말한다. 아이 둘의 꿈과 동일하다.
아이 여덟이 말한다. 아이 셋의 꿈과 닮았다.
아이 아홉이 말한다. 아이 넷의 꿈과 비슷하다.
아이 열이 말한다. 아이 다섯의 꿈이 나의 미래다.

아이들아, 원대하구나!

아이들이 거리를 질주하고 있다.
생각의 쌍둥이들이 경주마처럼 앞다투어 달리고 있다.

혜월가

어젯밤엔 달이 두 개나 떠서 하늘을 운행했는데 관측한 이가 열 남짓에 불과해 아무도 그것을 믿지 않았다. 강원도 고성의 한 농가에서는 한밤중 황소가 우리를 뛰쳐나와 한동안 울부짖다가 고삐 끊고 산속으로 들었다는 괴소문이 돌았다. 또 남쪽 바닷가에서는 다리 달린 물고기가 나와 걸어 다니다가 다시 바닷속으로 들었다는 소식이 올라와 수산업자들을 놀래키었다. 그런가 하면 부여군 석성면 소재의 이재무 씨 댁 돼지우리에서는 머리에 뿔 달린 돼지 새끼들이 출산되어 구경꾼들로 인산인해를 이루었다고 한다. 근자 들어 이 나라에 왜 이리 해괴한 일들이 자주 발생하는지 참으로 알다가도 모를 일이다.

축제

식이 끝났다.
지폈던 불을 끄고 지친 몸을 누이자.
억울하게 보낸 시간에 대하여
어떤 보상도 위로도 없이
길게 그림자를 끌고
돌아가는 당신의 뒷모습이 쓸쓸하다.
돌아가, 누명을 뒤집어쓴 자
가슴에 고이는 쓴 물 같은
굴욕을 뱉어 내며
유예된 죽음을 조금 더 살기로 하자.
그리움이니 기다림이니
질척이는 감정 따위 품지 말도록 하자.
통나무 혹은
길가에 버려진 시체처럼
함부로 굴러다니거나 썩어 가면서
구정물같이 더럽게 흐르는
시간을 견디자.

붉은 강

한강에 나갔다가 깜짝 놀랐다.
봄비에 불어난 강물에
이루 헤아릴 수 없이 많은,
잘린 손들이
둥둥
떠내려오고 있었다.
눈을 의심해 몇 번을
씻고 보아도 잘린 손들이
강을 붉게 물들이고 있었다.
물에 벌써 퉁퉁
불어 버린 것들도 있었다.
선거철만 지나면 나타나는
이 해괴한 현상을
사학자들은 어찌 기록할 것인가?

분서갱유

책을 불태운다.
뇌만 살찌우는 책을 꺼내
기름을 붓고 불을 지른다.
낡은 글자들이 타면서
검은 연기를 토해 낸다.
페이지에 갇힌
빛바랜 진리와 자유
소리 없이 비명을 지르고 있다.
무용한 책들은
땔감으로나 써라.
서재를 장식하는
세 치 혀의 유창한 언변을 위한 책들은
소각장에서 한 무더기 재나 되어라.
책을 불태운다.
정신보다 육체가 정직하다.
육체에 새겨진 사건에 주목하라.
거리 바깥의 사유를 의심하라.
너와 나를 속여 온 책들을 꺼내
기름을 붓고 불을 지른다.

북채

다시 북채를 잡아야겠다
땅이 알고 하늘이 알고
너와 내가 알도록 되우
북을 쳐야겠다
둥! 이것은 거짓을 꾸짖는 소리
두둥! 이것은 사기를 벌하는 소리
둥 두둥! 이것은 위정을 책하는 소리
사람들아, 북소리 들리거든 집을 나서라
거리와 광장으로 몰려들어
신명 나게 어깨춤 추며
얼쑤 장단을 맞추어라
우리의 슬픔을 아는 건 우리뿐
맺히고 응어리진 한을 풀어라
다시 북채를 잡아야겠다
하늘이 알고 땅이 알고
나와 네가 알 때까지
되우 북을 울려야겠다

죽음의 행진

대한민국은 항시적으로 초상 중입니다.
날마다 억울한 죽음들이 태어납니다.
이렇게 자주 집단적으로 초상을 치르는 나라가 있을까요?
죽은 자들은 많은데 죽인 자들은 없습니다.
울타리가 없는
대한민국은 죽음과 전쟁 중입니다.
살아 있다고 안심할 수 없습니다.
우리는 언제 꺼질지 모르는 촛불입니다.
이렇게 망각에 저항할 줄 모르는 나라가 있을까요?
천안함, 세월호, 이태원 다음은 또 무엇입니까?
생때같은 젊은이들 주기적인 행사처럼
떼죽음을 당하는,
고체에서 액체로 변한 나라
대한민국은 항시적으로 초상을 치르는 중입니다.

고백

광장에서는 민주 시민이었다가
집에서는 독재로 살았던 날들을 후회한다.
거리에서는 자유 시민이었다가
교실에서는 권위를 내세운 교사였던 날들을 부정한다.
술집에서는 좌파였다가
시장에서는 우파였던 일상을 질책한다.
머리로는 페미니스트였다가
몸으로는 가부장으로 살아온 세월이 부끄럽다.
글에서는 경계 없는 세계를 피력하면서
생활에서는 사소한 차이에도
편견과 증오를 품어 온 시간을 부인한다.
내면의 민주화, 일상의 민주화 없이는
언제든 우리는 괴물이 될 수 있다.
파쇼와 싸우는 동안
파쇼의 유산을 물려받은 나를 부정한다.

부활

2022년 3월 9일

우리 이날을 죽음이라 부르자

처절한 아픔이라 부르자

서러운 통곡이라 부르자

카지노 자본주의가

더러운 욕망을 부추기는 나라

야수의 자본주의가

약자의 목에 성긴 이빨을 박는 나라

약탈의 자본주의가

가난을 능멸하고 모욕하는 나라

세계에서 가장 자살이 많은 나라

세계에서 가장 차별이 심한 나라

세계에서 노동자가 제일 많이 죽는 나라

세계에서 빈부의 격차가 가장 심한 나라

세계에서 일하는 시간이 제일 많은 나라

울타리가 없는 각자도생의 나라

상위 1%가 재부의 절반을 차지하는 나라

상위 10%가 재부의 90%를 차지하는 나라

공동체를 꿈꾸면 좌익으로 좌표 찍고

민족을 논하면 용공으로 몰아 법정에 세우는 나라

외세 의존을 자랑으로 삼는 나라

미국보다 더 미국다운 나라

우리 이날을 패배라 부르자

굽이쳐 흐르는 강물이

바다에 미쳐 죽어 태어나듯

우리 이날을

탄생이라 부르자

부활을 위한 죽음이라 부르자

소면과 라면의 차이

소면은 일직선이다. 따로따로 논다. 섞이지 않는다. 다발로 묶여 있지만 결코 하나가 아니다. 그러나 펄펄 끓는 물속에서 소면은 직선을 벗고 곡선이 된다. 곡선이 되어 하나로 포개진다. 결연이다.

라면의 결속은 차돌처럼 단단하다. 그들의 대오를 그 어떤 힘도 무너뜨릴 수 없다. 그들은 하나다. 부서뜨리거나 으깨지 않고는 결속을 풀 수 없다. 그러나 펄펄 끓는 물속에서 그들의 대오는 시지부지 흩어지고 무너진다. 각자가 되어 따로 논다.

국수와 라면은 우리 시대의 기표다.

얽히는 세계, 방법적 확장

임지연(문학평론가, 건국대 교수)

이재무 시인은 서정의 내적 혁신을 통해 자기 세계를 이루어 왔다. 1980년대 농경적 상상력과 리얼리즘으로 시작하여, 1990년대 몸과 생태에 대한 새로운 발견 과정을 거쳐, 2000년대 이후 존재론적 성찰과 인식의 확장이라는 경로를 통해, 시인은 서정의 모험을 지속해 오고 있다.[*] 강조하건대 그의 시적 모험은 현재형이다. 방법적 확장에 대해 끊임없이 사유하기 때문이다.

이재무의 시는 전통적 서정성의 영역에서 주로 읽혀 왔다. 그러나 나는 시집 『고독의 능력』에서 새로운 시적 인

• 이재무, 「특별 좌담」, 『얼굴―이재무 시선집』, 천년의시작, 250~278쪽.

169

식과 방법론 창안에 대한 시인의 예민함에 더 주목하고 싶다. 그가 전통 서정시의 기율을 끊임없이 변주하고 변혁하기 위해 어떤 노력과 방법적 시도를 하고 있는지를 읽어 낼 필요가 있다.

시인이 새로운 언어의 세계를 생성하기 위해서는 자기만의 위치와 방법이 필요하다. 시인은 시대의 자식이고, 땅에 속한 자이며, 모국어를 구사하고, 젠더적인 개인이다. 그러므로 시인은 초월적일 수 없으며 비역사적이지 않다. 언어의 순수성과 자율성을 방법적으로 선택한 시인이라고 할지라도 그는 특정 맥락에 연루되어 있기 때문이다. 이 말은 시인의 사회성과 역사성을 강조하기 위한 것이 아니다. 시인의 위치성은 상황적이고 복잡하며 그러면서도 개성을 확보할 수 있는 미적 개념이다.

그렇다면 이재무는 자신의 인식적 위치를 무엇에 두고 있으며, 그것을 통해 어떤 미적 세계를 구축하려고 하는 것일까? 시집의 맨 앞에 있는 「시인의 말」을 거듭 읽어 보길 권한다. 이재무 시의 비밀을 여는 열쇠가 거기에 숨겨져 있다. "세계에 대한 발견과 새로운 인식을 통한 삶과 생의 개진은 언어의 틀을 바꾼다"고 한 시인의 말은 핵심적이다. 시인에게 언어는 생명과도 같은데, 그는 새로운 언어는 세계에 대한 새로운 발견과 인식으로부터 나온다고 고백한다. 이 시집의 새로움은 독서에서 나온다는 말도 덧붙여 본다.

이재무 시인은 새로운 인식과 새로운 세계 발견의 자리에 자신을 위치 짓는다. 이 시집에서 시인은 자신과 세계의 얽힘을 파악하고 관계 맺는 자로 자신의 위치를 파악한다.
사물과의 관계, 자연과의 관계, 노년(인간)과의 관계로 구분
하여 인식의 새로움에 접근하여 읽어 보자.

1. 얽힘과 사랑―사물들의 관계

이재무 시인은 "온갖 사물들을 애정"한다. 사물에 대한
사랑은 단지 사물과의 경계를 넘어 융합하거나 하나가 된
다는 뜻이 아니다. 그에게 사물과의 사랑은 서로의 존재론
적 특성을 고려하면서 (사랑의) 관계를 세심하게 맺는 과정
을 의미한다. 이때 사랑이란 사물을 바라보는 자의 주관적
감정의 과잉이 아니며, 사물 존재를 압도하는 강도 높은 감
정 상태도 아니다. 또한 인간의 사랑을 표현하기 위해 사물
에 투사된 인간중심적 시선이 아니다. 그것은 사물의 존재
적 특성을 세심하게 고려하면서 서로를 인정하는 관계라고
할 수 있다. 그러므로 그에게 사물 존재는 물질적이고 객관
적이며 탈인간주의적 위치에 있지 않다. 아마도 사물에 대
한 탐구가 계속될 때 이재무 시인의 사물은 전혀 다른 경지
에서도 발견될 수 있으리라. 이 시집에서 사물은 인간의 시
선에 조응하며 함께 관계를 만드는 것이다. 즉 사물이란 관
계 속에 참여할 때 사랑의 행위자가 된다.

사랑에 빠진 사람은 귀가 자라네

사랑에 빠진 사람은 온몸이 귀가 된다네

뒤에서 들려오는

발소리만 듣고도 발소리의 임자를 안다네

사랑에 빠진 사람은 소리의 감별사가 된다네

멀리서 걸어오는 발소리만 듣고도

발의 감정을 읽을 수 있네

—「귀가 자라네」 전문

　사랑에 빠진 사람은 온몸이 귀가 된다. 소리의 감별사가
된다. 이러한 특별한 능력은 사랑의 주체에게 속한 것일까?
사랑의 감정에 휩싸인 자의 능력은 강력하다. 사랑은 국경
을 넘고, 계층을 넘어서고, 언어도 넘어선다고 하지 않는
가. 그러나 이 시에서 사랑의 능력은 사랑의 주체에게 속한
것만은 아니다. 그에게는 자라는 귀가 있다. 왜 귀인가? 발
이 소리를 내기 때문이다. 본원적으로 말한다면 우리가 들
을 수 있는 것은 귀가 있어서라기보다 듣게 하는 소리(사물)
가 있기 때문이다. 소리가 없다면 귀가 무슨 소용이 있겠는
가? 그래서 청각은 타자적 감각이라고 할 수 있다. 시각적
으로 확증할 수 없는 모호한 타자가 일으키는 소리를 감각

해야 한다는 점에서 그러하다. 듣는 자는 능동적인 것이 아니라, 타자에 귀 기울인다는 점에서 수동적이다. 주체의 특권적 힘을 내려놓을 때 타자가 사유의 지평에서 지각될 수 있기 때문이다.

2020년대에 들어서 이재무 시인이 주목하는 감각은 청각이다. 사물과 타자에 대한 관계를 모호하고 풍부하게 표현하기 위해서일 것이다. 인간의 현실 속에서 탐색하던 서정을 인간과 사물 타자가 조우하는 관계의 장으로 전환하는 과정에서 청각에 주목하는 것으로 보인다.

발에는 감정이 있을까? 이 시의 시적 주체는 발에도 감정이 있다고 말한다. 그러나 발 자체가 갖는 감정이라고 단언하지 않는다. 발의 감정이 발 자체에서 생긴 것인지, 발을 사랑하는 자에게서 나오는 것인지 알 수 없지만, 발의 감정이 분명해질 때가 있다. 발을 사랑하여 발이 어떤 감정인지를 세심하게 살피려고 온몸이 귀가 되는 자와 그 소리가 조우할 때가 그때이다. 사랑은 듣는 자의 것도, 발의 것도 아니다. 그 둘이 특정한 관계를 맺을 때 일어난다. 그래서 시인은 "웃고 울고 성내고 흐느끼고 속삭"이는 "나무의 감정을 듣는다"(「나무의 감정」)고 고백하기에 이른다. 그것은 사물과 사랑의 관계를 맺는 방식이다.

그렇다면 관계는 어떻게 맺어지는 걸까?

창 너머 감나무가 방 안의 나를 물끄러미 바라본다.

타자를 지옥이라 명명했던 사르트르의 세상에 대한 관점에서 타자의 시선을 포용하여 관계의 지평을 연 메를로-퐁티의 관점으로 인생의 열차를 갈아타는 중인데 과연 관념이 아닌 생활 세계 속에서도 그게 가능할지는 장담할 수 없다.

나를 봄으로써 자신을 바라보고 있는 나무. 감나무의 시선을 내 몸 안쪽으로 받아들인다. 이파리 하나가 가지를 떠나자 허공이 뒤를 받쳐 주고 있다. 허공 속에는 침묵이 우거져 있다.

—「강화 일기 2」부분

이재무 시인에게는 시대를 넘어서 교제하는 친구들이 있다. "노자, 장자, 사마천, 원효, 쇼펜하우어, 스피노자, 니체, 카뮈, 메를로-퐁티, 박지원 등"(「친구」)이 그들이다. 그중 하나가 몸의 철학자 메를로-퐁티이다. 이재무 시인이 1990년대 이후 몸의 새로운 발견 과정에서 만난 친구인 것 같다. 그는 이 시집에서도 메를로-퐁티를 여러 번 소환하는데, 사물과의 관계가 얽힘이라는 사실을 분명하게 드러내기 위해서이다. 타자의 시선을 주체의 대상화로 인식한 사르트르에서 메를로-퐁티로의 전환은 몸을 갖는 존재들이 어떻게 얽히는지를 잘 보여 준다.

시를 읽어 보자. 감나무가 나를 들여다보고 있다. 여기서 시선은 일방적이거나 단지 단순한 상호성을 벗어난다. 감나무는 나를 바라봄으로써 자신을 바라본다. 나는 나를 바라보는 감나무의 시선을 몸 안으로 받아들인다. 시선의 얽힘이다. 게다가 쌍방향적이면서 동시에 재귀적인 시선들이 얽히는 현상을 가능하게 하는 허공이 있다. 이 시는 시선의 얽힘과 몸을 갖는 존재들 사이에 오가는 역동적인 바라봄의 구조를 형상화한다.

　이재무 시인은 메를로-퐁티의 시선의 얽힘을 자신의 시론으로 구축하였다. 사실상 이 시집 전체에서 발견할 수 있는 것은 세계의 복잡한 얽힘이다. 얽힘이 없으면 인정이나 사랑도 불가능하다.

　　빗소리들 서로를 밀쳐 내고
　　껴안고 스미고 엉킨다.

　　　　　　　　　　　　　　　　―「살(肉)」 부분

　　바깥의 온갖 냄새들
　　실내에서 살아온 냄새와 살을 섞는다

　　　　　　　　　　　　　　―「하일서정夏日抒情」 부분

　　슬하는 신발이고 모자이고
　　의자이고 베개이고 우산이다

　　　　　　　　　　　　　　―「슬하, 라는 말」 부분

　소리를 내는 사물들은 복잡하고 역동적인 관계를 맺으며 존재한다. 그들은 "밀쳐 내고/ 껴안고 스미고 엉"키고, "살을 섞"으며, "슬하"를 이룬다. 일반적으로 사물들은 제 속성을 보존하며 죽어 있는 것처럼 보인다. 그러나 관계의 관점에서 본다면 이들은 살아 움직이고 육체적인 사랑을 나누며, 공동체를 구축하고, 세계를 형성한다. 관계로부터 벗어나 홀로 있는 사물이 있는가? 사물 자체라는 것은 존재할 수 있는가? 관점에 따라 다를 수 있지만, 이재무 시인은 사물을 관계 안에 존재하게 한다. "온갖 사물들을 애정"한다는 것은 곧 사물과 인간의 사랑을 이루는 일일 것이다.

2. 신을 듣고 쓴다는 것—자연의 능력

이재무 시인은 자연 예찬론자나 자연 애호가가 아니다. 자연을 체험하면서 시의 소재로 즐겨 사용해 온 그이지만, 엄밀하게 말하자면 그를 자연을 사랑하는 시인이라고 부르기는 어렵다. 농경적 상상력을 통해 리얼리즘 시를 썼던 그가 왜 자연을 이상적인 가치로 사유하지 않는 걸까? 그것은 이재무 시인이 자연을 새롭게 인식하기 위해 끊임없이 사유하기 때문이다. 그는 서정시인이지만 청록파류처럼 자연을 이상화하거나 초월적인 법칙으로 설정하지 않는다. 동시에 그는 자연을 인간 세계를 설명하기 위한 도구로 더 이상 사용하지 않는다. 그는 자연이 갖는 개체성과 숭고성을 인정하면서, 자연과 인간의 현실적 관계에 천착한다. 그래서 시인에게 자연은 숭고한 아름다움을 갖지만 동시에 어둡고 폭

력적이다. 그의 자연시를 읽을 때 이 두 측면을 고려하지 않
으면 자연의 의미는 제한될 위험이 있다.

> 고독을 학습하기 위해 숲에 든다
> 길의 첫 장을 열어 숨 크게 들이마시고
> 도열한 잡목들 페이지
> 한 장, 한 장 넘기며 신의 숨결 듣는다
> 내가 사물에 스미어 하나가 될 때
> 순간을 열어젖힌 하늘의 음성이
> 번개처럼 번쩍, 살(肉)을 찢고 들어와 박힌다
>
> —「고독의 능력」 전문

　일반적으로 고독은 홀로 있음을 말한다. 그러나 시인에
게 고독의 능력은 홀로됨의 능력이 아니다. 그가 말하는 고
독의 능력은 인간과의 관계를 넘어서 자연 타자와 관계 맺
을 때 생긴다. 고독은 인간으로부터 떨어져 혼자 있다고
해서, 자율적 존재가 된다고 해서 얻을 수 있는 것이 아니
다. 시에 따르면 고독은 학습함으로써 얻을 수 있다. 그것
은 숲이라는 비인간 존재와 연결되었을 때 가능하다. "내가
사물에 스미어 하나가 될 때" 고독할 수 있다. 스미는 방식
을 보자. 그것은 평화롭고 조화로우며 서로 합의를 보는 방
식으로 되지 않는다. "번개처럼 번쩍, 살(肉)을 찢고 들어와
박"힌다. 이 구절을 통해 이재무 시인이 자연을 대하는 태
도를 알 수 있다. 자연은 조화롭게 합일하는 이상적인 것이

아니다. 그에게 자연과 관계를 맺는 방식은 살을 찢고 들어와 박히는 고통, 부조화, 폭력이기도 한 것이다. 이재무의 자연시에서 놓쳐서는 안 되는 부분이다.

이 시에서 주목할 시어가 있다. 바로 "신"이다. 일상과 현장이라는 삶의 가치에 천착해 온 그에게 왜 "신"이 나타난 것일까? 오해하지 말자. 그에게 신은 자연과 인간 바깥에 존재하는 초월적 존재가 아니다. 여기서 신은 자연과 연결되어 있는데, 자연에 대해 숭고함을 느낄 때 생기는 겸손함의 태도를 함축한다. 칸트에 따르면 숭고란 인간의 상상력을 압도하고 인식능력을 넘어서는 크고 두려운 자연 대상으로부터 나온다. 그런데 숭고는 인간을 압도하는 자연 대상에게 내재된 것이 아니라, 너무 커서 두려워지는 (인간) 마음에 내재된 것이다.

이 시에서 "신"은 자연의 숭고함을 표현하기 위한 것이다. 시인은 자신의 상상력과 인식능력을 벗어나는 자연 앞에서 겸손한 마음을 드러낸다. 따라서 신은 초월적 자연을 말하는 것이 아니라, 인간의 상상력과 이성을 넘어서 존재하는 자연의 신비와 두려움을 표현하기 위한 것이다. 숲이라는 자연 타자에 대해 인간은 충분히 알지 못한다. 그 알지 못함까지 포괄할 때 자연은 자연-신이 된다. 그 앞에서 인간은 무지하며 그래서 겸손해진다. 시인은 그것을 "신의 숨결 듣는다"고 표현한다.

신께서 키보드를 두드리신다

햇살과 비를 두드리고

구름과 바람을 두드리고

별과 달의 엔터 키를 누른다

—「천문天文」 부분

이 (자연) 세계는 신이 쓰는 글이다. 인간의 인식능력을 넘어서는 자연-신은 키보드를 두드리고 엔터 키를 누르며 햇살과 비, 구름과 바람, 별과 달을 쓴다. 시인은 자신이 아는 자연뿐 아니라 모르는 자연까지 표현하기 위해 신이 쓰는 것을 받아 적는다.

풀의 바느질 솜씨

가히 천의무봉이로다

삼동내 해지고 헌 산야

찬찬히 살펴

한 땀, 한 땀

꼼꼼하게 꿰매고 있다

—「바느질」 전문

풀은 무엇인가? 식물학자가 정의하는 풀, 농부가 들판에서 만나는 풀, 현대인이 경험하는 풀은 무엇인가? 그런데 시인은 '풀이 무엇인가'라고 묻지 않는다. 그것은 풀을 한정하고 개념화하기 때문이다. 대신 시인은 '풀은 무엇을 하는가'라고 묻는다. 풀의 행위 능력은 풀의 개념적 정체성을 넘어 자신을 풍부하게 설명할 수 있다. 시인은 풀이 "헌 산야"
를 꿰매는 능력에 주목한다. 헌 옷을 새 옷으로 갈아입히는
풀의 행위 능력은 신의 능력처럼 낯설고 강력하다.

> 칠게 길게 놓게 엽낭게 넓적콩게 꽃게 밤게 집게 모시조
> 개 동죽 가리맛 백합 떡조개 바지락 꼬막 피뿔고둥 왕좁쌀
> 무늬고둥 비단고둥 쏙 새우 따개비 민챙이 망둥어 갯지렁
> 이 짱뚱어 등속 어지럽게 뒤엉켜 족적을 포개며 가쁘게 기
> 어다니느라 들썩거리는 갯벌은 비린내가 자욱하다 갓 태어
> 난 것들은 서로를 먹고 먹히면서 후레자식이 되어 해의 살
> 을 뜯고 달의 젖을 빤다
>
> ─「갯벌」 부분

이 시는 자연에 대한 이중적 의미를 함축한다는 점에서
특별하다. 인간의 언어로 이름을 지어 주는 인간주의적 면
모와 동시에 비정함과 폭력성을 갖는 어두운 얼굴을 동시에
보여 주기 때문이다. "칠게 길게 놓게 엽낭게 넓적콩게 꽃게
밤게 집게 모시조개 동죽 가리맛 백합 떡조개" 등등 일상적
이고 역사적이며 한국적인 이름의 게 이름이 길게 열거되어
있다. 열거는 수준 높은 수사법이 아님에도 불구하고, 시인
은 게 이름을 열거하면서 생명체의 다양성과 풍부함, 인간
적 다정함과 생명력을 돋보이게 한다.

여기서 단연코 주목할 시어는 "후레자식"이다. 바다와 개
펄, 수초, 인간들과 오랫동안 함께 살아온 게는 "후레자식"

이기도 하다. 인간이 보기에 비도덕적이라는 뜻이다. "갓
태어난 것들"은 순수한 생명력으로 가득차 있다고 우리는
생각한다. 그런데 그것들이 서로를 "먹고 먹"한다. 이들은
그런 의미에서 비인간적이고 비도덕적이다.

그러나 자연은 순수하거나 조화롭거나 이상적이거나 인
간적이지 않다. 티모시 모턴Timothy Morton이 비판한 바와
같이 인간은 자연의 이미지를 낭만화, 이상화하였다. 자연
에는 아름다움뿐 아니라, 파괴적이고 무질서하고 아이러니
한 것들이 혼재해 있다. 이 어두운 측면을 인정하지 않고
서 자연에 대해 온전히 말하기는 어렵다. 순수하고 조화롭
게 공생하는 것이 자연이라는 개념은 인간의 주관적인 생
각일 뿐이다. 이재무 시인은 그것을 분명히 알고 있다. 그
래서 그는 순수한 자연을 노래하는 자연시인이 되지 않으려
는 것이다. 기존의 자연 개념을 변형하면서 새로움을 추구
하는 그의 예민한 인식과 사유는 시적 모험을 지속하게 하
는 힘일 것이다.

3. 소년이거나 별이거나—비/노년 되기

잘 늙는 일이 쉽지 않다. 질풍노도와 같은 청년처럼 벅
차다. 그저 나이만 먹으면 되는 줄 알았다. 지혜로운 어른
으로 여유를 만끽하며 살 줄 알았다. …(중략)… 아니었다.
오래된 귤처럼 즙이 빠져나간 거죽은 딱딱한 채 몸체는 오

그라드는데도 욕망은 구멍처럼 팔수록 커지고 그런 욕망이
징그러워 애써 저만큼 밀어내면 이번엔 권태의 오랏줄이 영
혼을 칭칭 감아 왔다.

—「시인의 말」 부분

「시인의 말」의 일부이다. 이 말은 시인이 잘 늙어 감의
어려움을 토로한 것처럼 보인다. 육체는 늙지만 욕망은 원
기 왕성한 데서 오는 불일치로 인해 시인은 벅차고 고되다.
잘 늙어 감은 젊은 시절에 예상했던 것처럼 자동적으로 이
루어지지 않는다. 지혜롭고 겸손한 어른이 희귀한 이유이
다. 이렇게 읽으면 마치 이재무 시인은 지혜로운 어른이 되
기 위해 '잘 늙어 감'을 지향하는 것처럼 보인다. 그러나 그
의 시를 찬찬히 읽어 보면, 사실 늙어 감에 크게 관심을 두
지 않는다. 그래서 그의 노년 시는 비/노년 시라고 할 수 있
다. 그는 지혜로운 어른을 말하면서 내면의 소년을 등장시
키고, 늙어 감을 말하면서 우주적 나이를 겨냥한다. 그의
노년 시를 소년과 별(우주), 두 측면에서 읽어 보기로 한다.

엄니는 신명이 많았다
당신의 감정을 노래로 대신하였다
나는 노래를 들으며
엄니의 내면을 읽었다
노래를 부르지 않는 날은
까닭 없이 마음이 불안했다

노래는 엄니의 삶과 생의 양식이었고 경전이었다

엄니는 밝고 높고 경쾌한 노래보다는

어둡고 낮고 무거운 노래를 즐겨 불렀다

슬픔으로 슬픔을 문질러 닦아 내었다

나는 엄니의 노래를 곧잘 따라 불렀다

어린 몸속에 청승을 담고 산 것은

엄니 때문이었다

엄니는 내게 노래를 남기고 돌아가셨다

—「노래는 힘이 세다」 부분

　이재무 시인은 첫 시집부터 지금까지 "엄니"와 "고향"을 반복적으로 호명한다. 엄니와 고향은 기억에 대한 것이다. 그의 불우한 가족사에서 알 수 있듯이 엄니와 아버지, 동생 재식은 이 세상에 없다. 그런데 수십 년 동안 왜 반복하여 이들을 호출하는가? 그것은 죽은 자들을 애도하기 위한 것이다. 애도란 사랑하던 대상을 상실하는 과정에서 비롯된 슬픔이나 고통을 대하는 태도를 말한다. 프로이트는 애도를, 슬픔을 인정하면서 상실한 대상과 분리되는 정상적 애도와, 상실한 대상과 자신을 동일시하여 그 대상을 보내지 못하는 자기 파괴적 우울증으로 구분한다. 문제는 정상적 애도를 하지 못하는 우울증인데, 그것은 슬픔을 안으로 투사하여 결국 자기 상실, 자기 파괴로 이어진다. 그렇다면 이재무 시인이 돌아가신 엄니에 대한 애도 과정을 지속한다는 것은 건강한 애도가 아니라 병적인 것인가? 그러나 이재무 시인의 엄니(고향) 시는 병적이거나 자기혐오적이지 않다. 오히려 다정하고 건강하고 공동체적인 가치를 길어 올린다. 즉 다른 관점에서 애도를 바라볼 필요가 있다.

자크 데리다는 프로이트의 성공적인 애도를 애도의 실패라고 보았다. 그에 따르면 프로이트는 상실한 대상을 타자성으로 바라보지 않기 때문에 완전한 이별을 할 수 있다는 것이다. 사랑했던 대상은 떠나가도 분리되지 않는다. 타자이기 때문이다. 그래서 그는 프로이트적 애도가 아니라, 타자로서의 대상을 보존하는 애도, 실패하는 애도를 긍정한다. 그것은 완전한 분리가 아니라 부드러운 거부에 가깝다. 그렇게 본다면 시인의 엄니에 대한 애도는 실패하는 애도로서, 윤리적인 애도이다. 그는 실패함으로써 성공하는 타자 보존의 애도를 지속한다. 엄니와 고향, 돌아간 가족에 대한 시는 아마도 이재무 시에서 끝까지 지속될 것 같다.

여기서 얘기하고자 하는 것은 이러한 애도의 실패가 낳는 다른 효과에 대한 것이다. 그의 내면에 살아남아 있는 소년 이재무가 그것이다. 엄니를 반복적으로 애도하는 한, 엄니와 함께 살았던 소년 이재무는 늙지도 죽지도 않고 출몰한다. 그러므로 그의 노년 시가 원숙미와 노년의 지혜로 귀결되기는 쉽지 않다. 그의 생물학적 몸이 늙을 수는 있지만, 그의 내면에는 소년이 살고 있기 때문이다.

늙은 부부여,
모처럼 부부 싸움을 하자

이 꽃이 이쁘니, 저 꽃이 좋으니

다투며 향기 우거진 공원을 걷자

늙은 부부여,

봄밤에는 생활을 벗고

철부지로 돌아가

유치한 말놀이를 즐기자

늙은 부부여,

봄밤에는 옛날처럼 눈도 맞추며

가출한 불량 청소년처럼

밤거리를 늦도록 쏘다녀 보자

—「봄밤」 전문

이 시는 늙은 부부에 대한 시다. 그러나 이 시는 "철부지로 돌아가" "옛날처럼 눈도 맞추며/ 가출한 불량 청소년"에 초점이 맞추어져 있다. 옛날의 철부지 소년이 되는 일은 '잘 늙어 감'이나 '지혜로운 어른' 되기와는 거리가 있다. 이재무 시인은 생물학적으로 나이 들면서 노년의 시를 쓴다. 그러나 그의 노년 시는 '비/노년 되기'에 집중한다. 일반적인 노년에서 벗어나서 다른 노년 되기라고 말해도 좋을 것이다.

다음으로 그의 비/노년 되기는 천체물리학적인 '별'과 관련되어 있다.

우리는 어디서 왔는가? 이 물음에 물리학은 말한다. 별에서 왔지.

　　우리 몸은 원자들로 결합되어 있는데 원자 단위는 산소
탄소 질소 인이 99%이고 칼륨 황 나트륨 염소 마그네슘 철
등이 1%이다.

　　…(중략)…

　　사람처럼 별들도 생로병사를 겪는다.

　　아침 산책로에서 걸어다니는 별들을 만난다. 대개가 태
어난 지 오래된 별들이다. 사후에 다시 분자로, 원자로 돌
아갈 별들이 흐릿하게 빛을 발하며 걷고 있다. 초신성처럼
사후에도 빛을 발하는 별은 과연 몇이나 될까?

—「사람과 별」 부분

　　이재무 시인이 최근 가장 많이 언급하는 책 중 하나는 칼
세이건의 『코스모스』이다. 그의 독서는 그의 인식적 확장과
긴밀하게 연관된다. 그의 시의 비밀은 독서에 있다고 해도
과언이 아니다. 그는 「시인의 말」에서 칼 세이건을 언급하
면서 "'시간을 거슬러 오르면 나무와 인류의 조상이 같다'라
는 대목"을 강조한다. 물질을 존재론적으로 접근한다면, 인
간과 별은 같은 조상을 두었다는 것이다. 시에서도 알 수 있
듯이 사람은 "산소 탄소 질소 인" "칼륨 황 나트륨 염소 마그

네슘 철" 원자로 구성되어 있는데, 이것은 빅뱅 이후에 만들어진 물질들이며 지구가 만들어질 때 유입된 것이다. 그러므로 물질성의 차원에서 본다면 인간, 지구, 별은 형제이며, 인간은 별에서 왔다.

이 시는 우주 시이기도 하지만, 노년 시이기도 하다. 그는 "아침 산책로에서 걸어다니"는 "태어난 지 오래된 별들"을 만난다. 어쩌면 시인 자신도 "오래된 별들" 중 하나일 것이다. 그러나 46억 년 전 지구가 만들어질 때 유입된 물질들이 나를 구성한다면, 인간의 나이란 도대체 무엇이라고 할 수 있겠는가? 늙어 감이라는 어떤 의미인가? 지구와 별, 인간의 조상이 같다면, 인간의 늙어 감은 물질적 순환 과정의 일부일 것이다. 이재무의 노년 시는 그러므로 노쇠하고 취약한 늙어 감에 초점을 맞추지 않는다. 그는 늙어 감을 지구와 우주, 빅뱅으로 확장한다.

인간의 삶을 우주적 산책이나 여정으로 생각한다면, 노년기란 "집에서 나와 집으로 가는 도중"일 뿐이다. 그에게 노년은 자신을 인간에서 우주로 확장하는 긍정적 계기가 된다. 우리는 그의 노년 시를 다른 관점으로 읽을 필요가 있다. 소년이거나 별인 존재는 늙음을 다른 지평으로 전환한다. 늙지 않는다는 것이 아니라, 소년적 생기와 우주적 광활함이 있는 '이상한' 노년의 삶을 상상하게 한다. 이것이 그가 말하는 지혜가 아닐까?

이재무 시인은 시적 모험의 길 위에 있다. 서정시의 내적 기율을 확장하려는 그의 예민한 감각은 시간이 지나도 퇴색

되지 않을 것이다. 그의 서정시는 깊어지되 낡지 않고, 확장되되 자기를 지키고, 인간적이되 타자지향적이며, 아름답되 낯설고, 일상적이되 우주적이다.